本所おけら長屋（十六）

畠山健二

PHP
文芸文庫

○本表紙デザイン＋ロゴ＝川上成夫

本所おけら長屋(十六)　目次

その壱　くらやみ　7
その弐　ねんりん　107
その参　せいひん　175
その四　あいぞめ　245

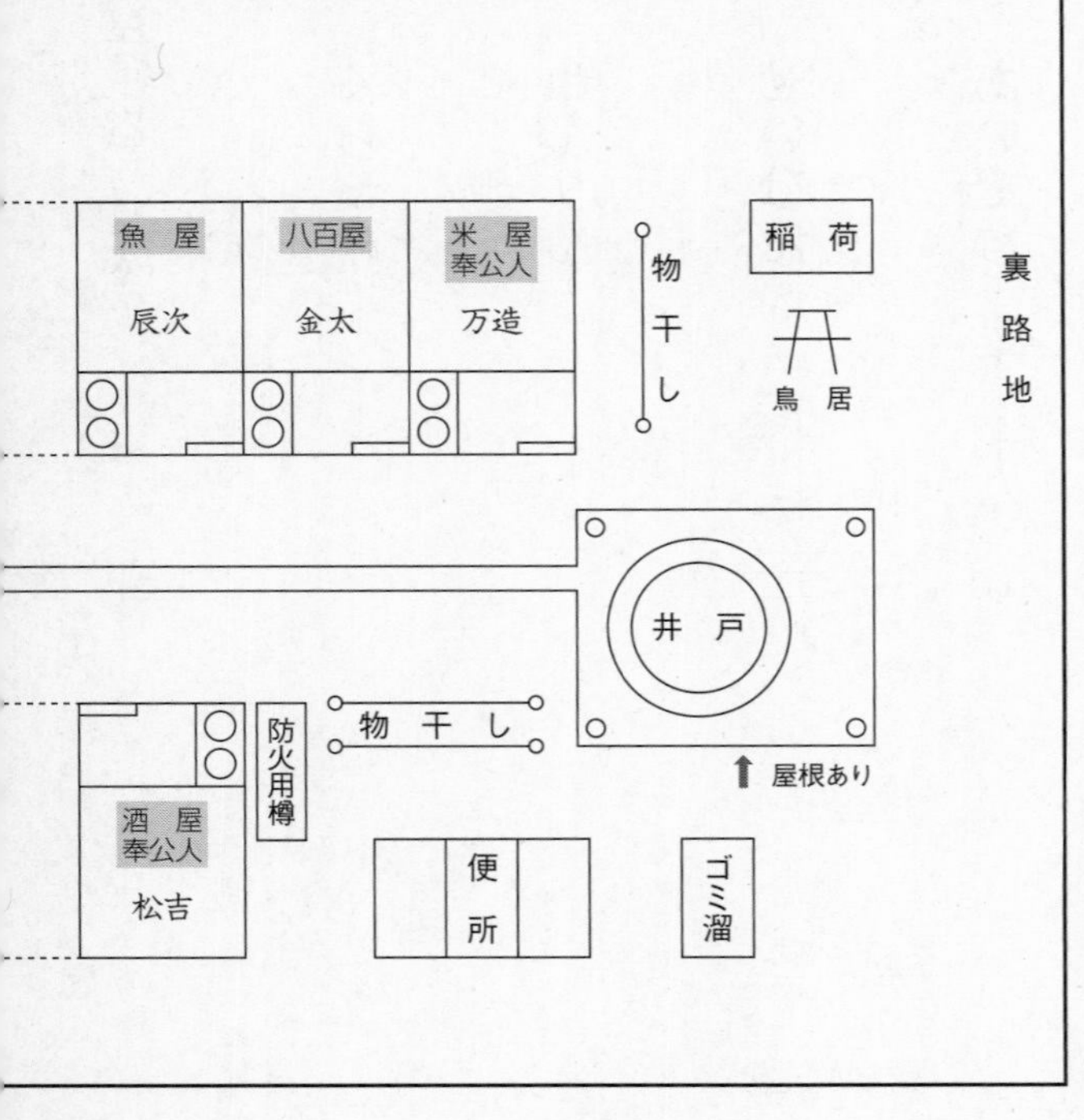

魚屋
辰次
八百屋
金太
米屋
奉公人
万造
物干し
稲荷
鳥居
裏路地
井戸
屋根あり
物干し
防火用樽
酒屋
奉公人
松吉
便所
ゴミ溜

本所おけら長屋の見取り図と住人たち

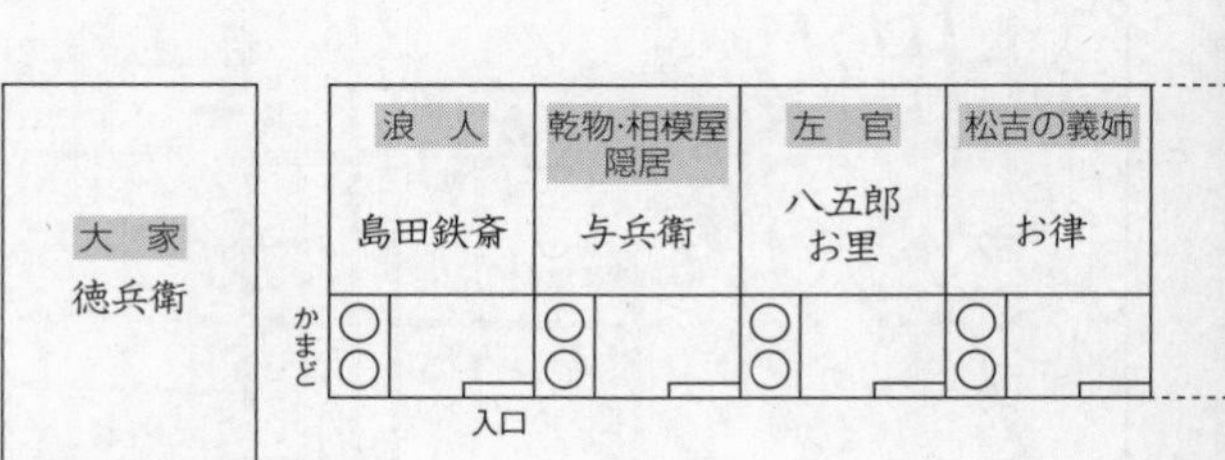

どぶ

畳職人
喜四郎
お奈津

たが屋
佐平
お咲

呉服・近江屋手代
久蔵
お梅
亀吉

後家
お染

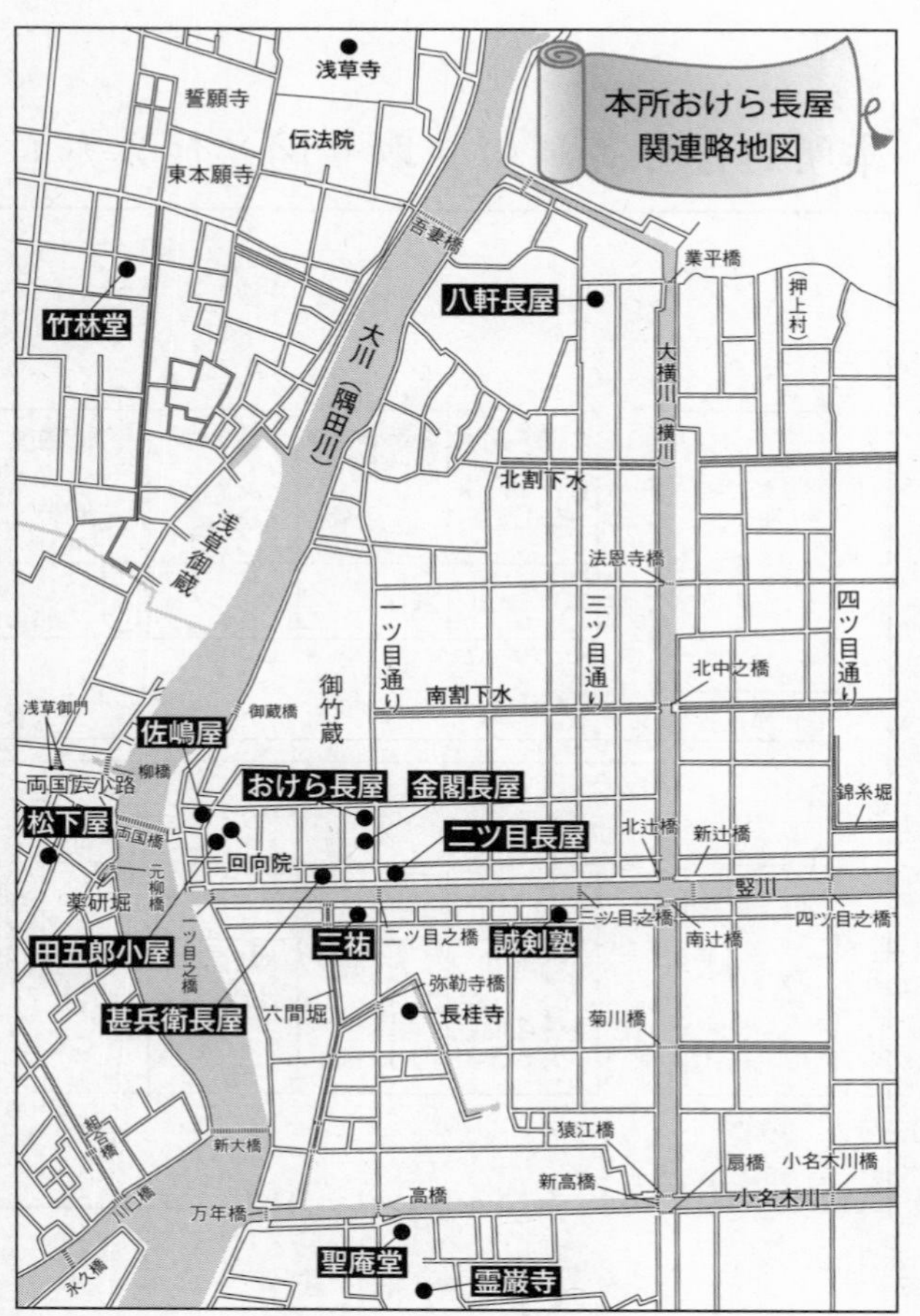
本所おけら長屋
関連略地図
浅草寺
誓願寺
伝法院
東本願寺
吾妻橋
業平橋
八軒長屋
(押上村)
竹林堂
大川(隅田川)
大横川(横川)
北割下水
浅草御蔵
法恩寺橋
一ツ目通り
三ツ目通り
四ツ目通り
北中之橋
御竹蔵
南割下水
浅草御門
御蔵橋
佐嶋屋
柳橋
両国広小路
おけら長屋
金閣長屋
錦糸堀
松下屋
両国橋
二ツ目長屋
北辻橋
新辻橋
回向院
元柳橋
竪川
薬研堀
三ツ目之橋
四ツ目之橋
南辻橋
田五郎小屋
三祐
二ツ目之橋
誠剣塾
一ツ目之橋
弥勒寺橋
甚兵衛長屋
六間堀
長桂寺
菊川橋
組合橋
猿江橋
新大橋
扇橋
小名木川橋
新高橋
小名木川
川口橋
高橋
万年橋
聖庵堂
永久橋
霊巌寺

本所おけら長屋(十六)　その壱

くらやみ

一

両国橋の東詰、大川（隅田川）を少し北に上がった川筋の道は、陽が落ちると人通りがなくなる。

川面に月がきらめく大川からは生暖かい風が吹いて、汗をかいた首元にまとわりつく。お美弥は、その汗を頭から被っている手拭いで叩くようにして拭いた。

提灯の灯りが近づいてくる。灯りが左右に揺れているのは酒が入っている証だ。その揺れる灯りはお美弥の方に向かっている。

提灯がお美弥の顔を照らした。

「ヒック……。年増だが、なかなかいい女じゃねえか。いくらでえ」

「そうだね、一両ももらおうかねえ」

お美弥は馬鹿にしたように答えた。

「じょ、冗談言うねえ。腐れ夜鷹に一両の金を出す物好きがどこにいるんでえ」

「それなら、お帰りよ」

男は独り言のような文句を呟きながら消えていった。手拭いを被り、丸めた莚を小脇に抱えているお美弥は、だれの目から見ても場末の夜鷹だ。

それから半刻（一時間）が過ぎた。

今夜は現れないのかと、月を見上げたお美弥の耳に聞こえたのは、近づいてくる雪駄の足音だ。提灯の灯りで見える姿はお店者のようだ。

「姐さん、まだ客をとる気はあるかい」

「店じまいにしようかと思ってましたけど、ちょいと、いい男だからねえ。一朱いただきますけどよろしいかえ」

男は頷いた。

「それじゃ、こちらに」

お美弥は河原の方に下りていく。男はその後を歩く。先には開けた場所があり、お美弥は莚を敷いた。お美弥には、この男が夜鷹を抱きに来たのではないとわかっている。

「ここで、ようござんすかえ。一朱は前払いってことでお願いしますよ」

男はお美弥に近づきながら、懐に手を入れた。

「しっかりしてるぜ」

提灯を吹き消した男が取り出したのは、紙入れではなく合口だ。

だが、お美弥の表情を見た男の背中には冷たいものが流れた。いつもなら、合口を見た女は声を出すことも、逃げ出すこともできずに、立ち尽くすだけだ。そして全身を震わす。

男は、月に照らされた女の、そんな恐怖で歪んだ表情を目の当たりにするのが堪らなく好きだった。だが、今夜の女は微笑んだ。

「へえ、お前さんかい。夜鷹殺しは」

お美弥は自分の左胸を叩いた。

「心の臓はここだ。狙いを外さないでおくれよ」

男は奇声を発しながら、お美弥の左胸に合口を突き立てた。草むらから何人かの男が飛び出してくる。

「神妙にしろ。南町奉行所だ」

同心は十手で、女の胸には刺さらなかった合口を叩き落とす。そして、配下の者たちが、男を取り押さえた。

「伊勢の旦那、ちょいと遅すぎやしませんか」

「無茶をするな。男が合口を出したら、すぐに逃げろと言ったではないか」

お美弥は、両手で襦袢の胸元を開いた。胸に巻かれている白い晒しから、分厚い書物が少しだけ顔を覗かせている。

「無茶をしているつもりはございませんよ」

淡々とそう言うと、お美弥は胸元を直す。

平五郎は、諭すように――。

「腹を刺されたら、命はなかったぞ。どうしてそう危険に飛び込もうとするんだ」

思わずお美弥の肩に手を伸ばしたが、お美弥はスッと一歩下がる。

行き場のなくなった自分の手を引いて、平五郎は苦笑いを浮かべた。お美弥との付き合いはもう五年にもなる。しかしお美弥は、平五郎が心配するようなそぶりを見せると、いつも心を閉ざしてしまう。

平五郎は溜息をついた。

「今日もお前のお手柄だ。ご苦労だったな」

お美弥は、軽く会釈をすると、暗闇の中に消えていった。


「今日はお店がお休みだから、太田屋さんに行ってくるよ」

お里は、普請場へ出かける準備をしている八五郎に、洗い場から声をかける。

下谷広小路にある茶問屋の太田屋は、八五郎の得意先だ。主の庄三は八五郎が見習いのころから可愛がってくれ、独り立ちしてからも変わらず心配りをしてくれる。お糸が雷蔵を生んだことを知った庄三は、自分のことのように喜んで、大きな紅白餅を持参して祝ってくれた。

「たいしたお返しはできないけど、庄三さんが好きなお酒が手に入ったからね」

「おう、庄三兄いによろしく伝えてくれや。おれも近いうちに顔出すからってよ」

八五郎を見送ったお里は、風呂敷で一升瓶を丁寧に包むと、一ツ目通りを歩き出した。

（そうだ、少し遠回りになるけど、雷坊にも挨拶していこう）

お里は、にんまりと笑う。お里は時間(とき)ができると、小梅代地町(こうめだいちまち)にあるお糸の家に顔を出す。もちろん、孫の雷蔵を抱きたいがためだ。

「おっかさん。一昨日(おとつい)も来たばかりでしょ」

「そう、邪険(じゃけん)にすることはないだろう、せっかく来たんだから」

「邪険になんかしてないよ。すごく助かってる。雷坊がいたんじゃ、湯屋(ゆや)にも行けないし、晩ご飯のお使いにも行けないから。それじゃ、ちょっと買い物に行ってくるね」

「ああ、行きな、行きな。ゆっくり行っておいでよ。雷坊のことは、それなりに面倒(めんどう)をみておくからさ」

お糸が引き戸を閉めた途端、お里は雷蔵に覆(おお)いかぶさるようにして――。

「雷ちゃ～～ん。ババでちゅよ～～。ババンチョ、ババンチョ、ベロベロバア～～。ババちゃん、ババちゃん、ベロベロバア～～」

「おっかさん。何してるの……」

お里は耳の両脇で手の平(ひら)を広げ、舌を出したまま固まる。

「お、お糸……。お前、まだいたのかい……」

「雷坊の夜泣きがひどいと思ったら、おっかさんのせいだったのね。寝ているときに、おっかさんの顔を思い出すんだわ」

お糸は雷蔵を抱きしめる。

「怖かったねえ、怖かったねえ。もう大丈夫だからねえ。ごめんね。後でお祓いしようね」

お里は憮然とする。

「そりゃ、どういうことだい。あんまりじゃないか」

お糸は、プッと吹き出した。

「ちょっとした洒落じゃないの。そんなにむきにならないでよね。それじゃ、行ってきますから」

お里は、雷蔵を存分に可愛がり、お糸が戻ると、後ろ髪を引かれる思いで、下谷へと向かった。太田屋の庄三は不在だったので番頭に酒を預け、お里は帰路についた。寛永寺の前を通ると境内がにぎやかだ。

「なんだろう」

火消が出初式の稽古をしているようで、「よ組」の纏が見えた。様子のいい男が、梯子の上で逆立ちをしている。お里は、それを見ながら近づいた。

「あっ」

何かにつまずいて転び、その拍子に膝を地面に打ちつけた。

「い、痛い……」

お里は膝を摩る。

「大丈夫ですか」

お里に声をかけた女は、側に落ちていた石を指差した。

「こんな大きな石に気がつかなかったんですか」

「えっ、ええ。ちょっとよそ見をしながら歩いていたもんだから。い、痛てて」

女は、お里に肩を貸すようにした。

「立てますか」

お里はゆっくりと立ち上がる。

「ありがとうございます。大丈夫みたいで……、痛たたた」

「大丈夫じゃないみたいですね。どこまで行くんですか」

「亀沢町まで」

お里は顔を歪めながら答えた。

「私はその先の相生町ですから送っていきましょう。さあ、私の肩につかまって」

女は〝お美弥〟と名乗った。

「お美弥さんは相生町に住んでいるんですか」

お美弥は少しの間をおいてから――。

「ええ」

「長屋暮らしなのかい」

お美弥は、また少しの間をおいてから――。

「相生町の甚兵衛長屋に……」

「そうかい。ご亭主は」

お美弥は自分のことを語りたくないようだ。まともな女なら、そのあたりを察して何も尋ねないところだが、お里はおかまいなしだ。お美弥は口を開かなくなった。

「どうしたんだい。具合でも悪いのかい」

「………」

「お腹が減っているのかい」

「…………」

そんな、ぎこちない二人は、おけら長屋に着いた。井戸端にいたお染とお奈津が、驚いて二人に駆け寄る。

「お、お里さん。どうしたんだい」

お里は苦笑いを浮かべる。

「転んじまってさ。左の膝が……、痛てて。大丈夫、ぶつけただけだから。この、お美弥さんって人が通りがかってね、ここまで送ってくれたんだよ」

お染とお奈津は、お美弥に頭を下げてから、まるで荷物のようにお里の身体を受け取る。

「それは、それは。どうもありがとうございました」

「どうぞ、お茶でも飲んでいってくださいな」

お美弥は後退りする。

「いえ。ちょうど帰り道だったものですから。これで失礼します」

お染とお奈津は続ける。

「そんなこと言わずに。どうせ、お里さんが失礼なことばかり訊いたんでしょう」

「そうそう。生まれはどこだ、歳はいくつだ、亭主はいるのか、仕事は何か、給金はいくらだ……。本当に失礼なことばかり平気で訊く人なんでねえ。でも、悪気はないので勘弁してあげてくださいね……。それで、ご亭主はいるんですか」

お里は、お染とお奈津の手を振り解く。

「あんたたち、黙って聞いてりゃ、言いたいことを言ってくれるねえ。お奈っちゃん。あんただって訊いてるじゃないか」

こんな連中に関わりたくないと思ったのか、お美弥は「それじゃ……」と言い残して背を向けた。

「ありがとうございました。改めてお礼に伺いますから～」

お里は一歩踏み出して手を振る。

「あれ、お里さん、足は……」

「あっ、そうだ。痛てて」

「どうやら、たいしたことはなさそうだね」

お染とお奈津は、顔を見合わせて笑った。

お染の見立て通り、お里は三日もすると歩けるようになった。

お里とお染は、伊勢屋の饅頭を手に、お美弥が住む相生町の甚兵衛長屋を訪ねることにした。井戸端にいた女に尋ねると、お美弥はこの長屋で独り暮らしをしているようだ。

「先日は、お世話になり、ありがとうございました。おかげ様で、足もすっかりよくなりました。これはほんの気持ちで……」

「そんな大層なことをしたわけじゃありませんから」

饅頭は受け取ったものの、お美弥の態度は素っ気ない。お里とお染は早々に引き上げることにした。長屋の路地から通りに出ると、入れ替わるようにして、男が路地に入っていく。お染は、その男に見覚えがあった。

「お里さん。足はもう大丈夫なんだろう。先に帰っててくれるかい」

「どうしたんだい、お染さん」

「いいから、いいから。ちょいと、野暮用を思い出したのさ」

こんなとき、無頓着なお里は扱いやすい。

お染は長屋に入る角まで戻って、路地を覗く。あれは、このあたりを縄張りにしている御用聞き、兵次親分の手下、先吉だ。兵次は南町奉行所の同心、伊勢平五郎の手足となって働く岡っ引きである。

お染の勘は当たった。

先吉は、路地に人がいないことを確かめてから、お美弥の家の引き戸を、軽く二回叩いた。しばらくすると引き戸が一寸（約三センチ）ほど開く。先吉は何かを囁くと、すぐこちらに向かって歩き出した。お染は物陰に隠れる。

先吉が消えてからしばらくすると、家からお美弥が出てきた。お染は、吸い寄せられるように、お美弥の後を尾行る。どうして、こんなことをしているのか、お染にもよくわからない。

お美弥は大川に向かって歩く。甚兵衛長屋から、大川の河原までは目と鼻の先だ。お染の思った通り、大川の河原でお美弥を待っていたのは、兵次親分と、南町奉行所同心の伊勢平五郎だった。

お染は、河原で伊勢平五郎と話すお美弥を眺めていた。なぜ、この女を尾行てきたのだろうか。

しばらく、その様子を眺めていたお染は、その理由に気づいた。それは、このお美弥という女が、どこか昔の自分に似ているからだ。お美弥から感じとれたのは闇だ。お美弥は心の中に闇を抱えているように思えた。

お染は思い立ったように甚兵衛長屋に引き返した。都合よく長屋の路地から手ごろな女が出てくる。

「ちょいとお尋ねしますが、この長屋に、お美弥さんって女は住んでますか」

「ええ。右奥から二軒目に住んでますよ」

「あ、あの、お美弥さんって、どんな人なんでしょうか」

お染の唐突な問いに、女は怪訝な表情をする。

「いえね、私の長屋の者が道端で転んで怪我をしましてね。こちらのお美弥さんにお世話になったそうで、お礼に来たんです。私は面識がないもので、どんな方かなあと思いまして」

女は面倒臭そうに――。

「変わり者だよ」

「変わり者？」

「そうさ。ここに越してきたのは、五年近く前かねえ。ほとんど近所付き合いはないし、何で食べているのかもわからない。家を空（あ）けることも多いから、どこぞの旦那の囲い者じゃないかって噂（うわさ）だよ」

お染は、ますますお美弥のことを知りたくなってきた。

二

誠剣塾（せいけんじゅく）で稽古を終えた島田鉄斎（しまだてっさい）と伊勢平五郎は、林町（はやしちょう）にある蕎麦（そば）屋で酒を酌（く）み交（か）わしている。平五郎は美味（うま）そうに酒を呑（の）んだ。

「汗をかいた後の一杯は堪りませんなあ」

「酒が美味い理由（わけ）はそれだけですかな。夜鷹殺しの下手人（げしゅにん）をお縄にしたそうで。お手柄でしたね」

平五郎は少し胸を張った。

「この、三月（みつき）で四人もの夜鷹が殺されていましたから。いずれも、心の臓を合口でひと突きです」

「して、下手人は……」

平五郎は猪口(ちょこ)を置いた。

「蔵前(くらまえ)にある桐箱問屋(きりばこどんや)の手代頭(てだいがしら)です。出世が遅れて、自分よりも若い者が先に番頭になってしまいましてね。それで、むしゃくしゃしたんでしょう。馬鹿な男です」

「夜鷹を狙ったのには理由(わけ)があったのですかな」

「夜鷹に愚痴(ぐち)をこぼしたところ、笑われたそうです。本当の苦労も知らないくせにと。夜鷹の言う通りですなあ。それで、カッとなった手代頭は護身(ごしん)のために持っていた合口で夜鷹の胸を刺してしまった。歪んだ怒りの矛先(ほこさき)が夜鷹に向いてしまったのでしょう」

鉄斎は平五郎の猪口に酒を注(つ)ぐ。

「人の心というのは難しいものですな。どんな分かれ目で、どちらに転ぶかわからない。もし、その夜鷹が手代頭に優しい言葉をかけていたら……。いや、もちろん、原因(もと)は、その手代頭の心の弱さが引き起こしたものなのでしょうが」

鉄斎は徳利(とくり)を置いた。

「ところで、伊勢殿。相生町の甚兵衛長屋に住む、お美弥という女をご存じですかな」

平五郎は、呑みかけていた猪口を止めた。

「ど、どうして、お美弥のことを……」

平五郎は驚きを隠せない。

「どうぞ、その酒を呑んでください。いや、特に、どうという話でもないのですが。先日、おけら長屋に住むお里さんが、寛永寺の近くで転んで怪我をしましてね。そこに通りかかったお美弥という女の人が、おけら長屋まで送ってくれたそうです。後日、お里さんとお染さんがお礼に行ったそうですが、そこで……」

鉄斎は、空になった平五郎の猪口に酒を注ぐ。

「お染さんが見たそうです。大川の河原でお美弥さんと伊勢殿が話しているのを」

「お染さんですか。これはまずいところを見られてしまいました」

「ははは。お美弥さんと伊勢殿がただならぬ仲に見えたのなら、お染さんは何も言わなかったでしょう。野暮は嫌いな女ですから。だが、そこには、兵次親分も一緒だったとか。お染さんは勘がよいので、何かを感じたのでしょう。それで、そのことを私に話したというわけです」

平五郎はしばらく黙っていた。鉄斎も黙って返答を待つ。

「お美弥は南町奉行所の密偵です。主に私の仕事をしています」

「密偵……」

「島田殿だから話すのです。どうかこのことは他言無用にて。五年ほど前になりますかな。若い女が、次々と顔を切られるという事件が起こりました。下手人を挙げられないまま手詰まりになっていたところ、奉行所を訪ねてきたのがお美弥です。私が対応しました」

平五郎は、持ったままでいた猪口から酒を呑んだ。

「囮として使ってくれと言うのです。そんなことが認められるわけがありません。一歩間違えば命を落とします。ですが、お美弥は引き下がりません。万が一のことがあっても、奉行所に対して一切の不服は申し立てないとの念書を書くとまで言うのです」

鉄斎は唸る。

「女の身としては、相当な覚悟ですな。法外な報酬を要求したとか」

「いや。報酬のことは口にしませんでした。とにかく、そんな危ないことはさせられぬと突っ撥ねると、お美弥はこう言います。それなら、自分が勝手に夜の町を歩くので、勝手に自分の後を尾行てほしいと。島田殿だから本当のことを言います。私たちも切羽詰まっていました。どうしても下手人をお縄にしたかったというのが、正直な気持ちで……」

蕎麦が運ばれてきた。平五郎は蕎麦に手をつけるつもりはないようだ。

「与力様と相談し、密かにお美弥を使うことにしました。もし、お美弥の身に何かがあれば腹を切るつもりでしたが、お美弥のおかげで下手人をお縄にすることができたのです。それからお美弥は、私の手足となって働いてくれるようになりました。囮だけではありません。下手人と目星をつけた者に近づいて、探ったりもします」

鉄斎は、お美弥のことを話す、お染の表情を思い出した。お染は、お美弥という女に対して、ただならぬ思いを抱いているようだった。

「お美弥さんは、どうして、そんな危ない真似をしようと思ったのでしょうか」

平五郎は箸を手に取った。

「それは……。とにかく蕎麦を食べましょう。伸びてしまいますよ」

鉄斎には、なぜ、平五郎が口籠もったのかはわからない。

「情けないですな。奉行所は、お美弥を利用しているのですから。ですが、下手人を捕らえるためには、お美弥の手を借りなければなりません」

鉄斎も箸を手に取った。

「つまらぬことを訊いて申し訳ありませんでした。さあ、食べましょう」

平五郎は、しばらく蕎麦には手をつけなかった。

その一刻（二時間）ほど前――。

深川にある霊巌寺の境内で団子を食べているのは、松吉とお栄だ。

「こんなところで油を売ってていいの？」

「いいわけねえだろ。だから、酒にしねえで団子を食ってるんじゃねえか」

松吉は、いかにも不味そうに団子を串から食いちぎる。

「すまねえなあ。お栄ちゃんのことを待たせちまってよ」

「えっ。あたしは何を待ってるの？」

「所帯(しょてぇ)を持つって話に決まってるじゃねえか。昨夜(ゆんべ)も、お律義姉(りつねえ)ちゃんに、さんざっぱら小言(こごと)を食らっちまってよ。お栄ちゃんを、いつまでこのままにさせておくんだってよ」

お栄は笑った。

「お律さんは、わかってないなあ」

「何がよ」

「あたしが松吉さんと所帯(しょたい)を持ったら、それだけ、あたしが苦労する時間(とき)が長くなるってことなのよ」

松吉も大声で笑う。

「あははは。違(ちげ)えねえや。まったく、お栄ちゃんは頼もしいや。この松吉様が惚(ほ)れただけのことはあらあ」

「ま、勢いでこんなことになっちゃったんだから仕方ないけどね」

「勢いか……。そうかもしれねえなあ。でもよ、色恋ってやつは勢いってもんがねえと、前には進まねえからなあ」

二人は同時に、松吉の故郷、印旛で夕陽を見ながら抱き合ったときのことを思い出していた。気持ちは確かめあったものの、二人はそのままだ。

「でもよ、おれがお栄ちゃんと所帯を持つなんざ、なんだか信じられねえなあ」

「あたしだって信じられないよ」

「ガキでも生まれた日にゃ、どうなるんだろうな」

二人はまたしても同時に、自分たちが赤ん坊をあやしている姿を思い浮かべた。松吉は照れ笑いを浮かべ、お栄はほんのりと温もりを感じる。松吉は真顔になった。

「お栄ちゃん。もうしばらく待ってくれるかい」

お栄は微笑んだ。

「待ってるのは松吉さんの方でしょう」

「おれが何を待ってるんでえ」

「松吉さんの考えてることくらいわかるよ。松吉さんは、一緒にって……」

「万ちゃん……」

「そう。万造さんだよ」

「お、おい」

松吉は、お栄の言葉を遮って参道の方を指差す。本堂に向かって歩いてくるのは……。

「万造さんと、お満さん……」

「なんだか、揉めてるみてえだなあ。いつものことだけどよ」

言い争っている二人は、松吉とお栄には気づいていない。

「私のどこがお高くとまってるっていうのよ」

「ツンケンして歩いてるからよ。年頃の女なら、もっとにこやかな表情をして歩きゃいいじゃねえか」

「一人で笑いながら歩いてたら、頭がおかしいって思われるじゃないの」

「あははは。それもそうだがよ。まあ、そこで会ったのも何かの縁でえ。ちょいと、お詣りでもしていこうじゃねえか。ついては……」

「何よ」

「賽銭を貸してもらいてえ」

「借りたお賽銭で手を合わせたってご利益はないわよ」

「だが、賽銭を入れねえよりはマシだろう」

万造とお満は、松吉とお栄に近づいてくるが、まだ二人には気づいていない。

「ねえ、万造さん。お詣りをしたら御守を買おうよ」

「御守ねえ」

「万造さんが青色で、私が赤色。ねえ、買いましょうよ」

「お揃いなんて、なんだか、こっ恥ずかしいじゃねえか」

人の気配を感じた万造とお満は足を止める。前を見ると、二間（約三・六メートル）ほど先の階段に腰を下ろし、こちらを眺めている二人がいる。

「………」

松吉とお栄の表情は、にやけて緩みっぱなしだ。お栄は、お満の真似をして――。

「万造さんが青色で～、私が赤色なんだから～ん」

松吉は、万造を真似する。

「なんだか、こっ恥ずかしいじゃねえか～ん」

お満の顔は真っ赤になった。万造は二人を指差す。

「お、おめえたち。ここで何してやがる」

松吉は手についていたアンコを舐めながら――。

「何してるって、団子を食ってただけでえ。なあ、お栄ちゃん」

お満は向きになる。

「わ、私たちは、そこで偶然に会っただけですから……。は、はは～ん。松吉さんとお栄さんは、ここで……。うふふ。逢い引きをしてたってわけね。へえ～。怪しいとは思ってたけど、やっぱり二人はそういう仲だったんだ。へえ～。そうだったんだ～」

お栄も負けてはいない。

「そこで偶然に会っただなんて……。本当は待ち合わせてたんじゃないの～。もう、隅に置けないんだからん。万造さ～ん」

そこにやってきたのは、寺男だ。

「あなた方、この境内で三方を持った者を見かけませんでしたか」

「三方……。なんでえ、そりゃ」

「お月見で団子をのせる台座のことです。横に三つの穴があいている……」

「ああ。団子を山型に積む台のことかい」

「そうです」

松吉は万造とお満に尋ねる。

「どうでえ、青色さ〜んに、赤色ちゃ〜ん」

お栄は松吉の頭を叩く。

「さあ。私たちは見ませんでしたけど、どうかしたんですか」

寺男はどう説明すればよいのか、わからなかったようで——。

「どうぞ、こちらに」

本堂の正面には寺の小坊主が立っている。寺男はその小坊主の足下に置かれた三方を指差した。

「これです。この者が言うには、四半刻（三十分）前にはなかったそうで」

お満はその台座に並べられたものに目をやった。

「こ、これは、髪の毛ではありませんか……」

寺男は頷いた。台座には、半紙に包まれた髪の束が七つ、丁寧に並べられている。その手前には小判が三枚置かれていた。お満はその前にしゃがみ込む。

「女の人の髪かしら。とてもきれいに梳かしてあります。ここに置かれているのは、この三両で供養してほしいということなのかしら……」

寺男は、戸惑いを隠せない。

「こんなにたくさんの髪を、いったいだれが置いたんでしょう。供養しなければならないという曰くでもあるんでしょうか」

四人は顔を見合わせたが、だれも言葉を発しなかった。

鉄斎と平五郎が蕎麦を食べ終わるころ、店に入ってきたのは松吉だ。

「店に戻ろうとしたら、格子越しにお二人の顔が見えましてね」

松吉が奉公する酒屋は、この先の大横川沿いにある。松吉は膳の上を見て残念がる。

「なんでえ。もう、あらかた呑み食いは終わっちまったみてえですね。おこぼれを頂戴しようと思ったのによ」

松吉は前にあった徳利を持ち上げて振るが、酒は入っていない。見兼ねた鉄斎が店の者に酒を注文した。

「だ、旦那。洒落ですよ、洒落。そ、そうですかい。それじゃ、お言葉に甘えまして」

平五郎は笑う。

「万松は禍の元って噂は耳にしたことがありますが、本当のようですなあ」

「今日はまだ万造さんがいませんから、禍は半分で済みます」

「違えねえや」

松吉は笑ったが、何かを思い出したようだ。

「そうそう。さっき、こんなことがあったんでさあ。旦那方、三方ってわかりますかい」

「お供え物をのせる四角い台のことだろう」

「さすが、鉄斎の旦那だ。それですよ。霊巌寺の本堂に、その三方にのせられた七つの髪束と三両が奉納されてたんですよ」

「七つの髪束……」

平五郎はその言葉が引っかかったようだ。

「そ、それは、いつの話だ」

「ほんの一刻前の話で。その場には、万ちゃんとお満先生もいたんですけどね。

お満先生が言うには、七束とも女の髪の毛だろうって。きれいに梳かしてあって半紙で包んでありやした。寺に置いてあったってことは、その三両で供養してくれってことなんでしょうが、なんだか気持ちの悪い話じゃねえですか」

平五郎の顔から、血の気が引いていく。平五郎は、しばらく目を閉じていたが――。

「霊巌寺と言ったな。やはり……」

「そうですけど。どうかしたんですかい、伊勢の旦那」

平五郎は口籠もった。

「島田殿。申し訳ないが失礼いたす。松吉。お前さんは禍の元ではない。もしかしたら吉報をもたらす神かもしれんぞ」

伊勢平五郎は膳に金を置くと、刀を握って立ち上がった。

十年前――。

大川沿いの一帯で女が殺される事件が起こった。

殺されたのは半年の間に七人。女はいずれも一人のところを襲われている。

殺された場所は、夜道だ。夕方から宵闇に包まれるときで、首に残された痕から、下手人の手で絞め殺されたと思われる。

この七人が同じ下手人によって殺されたという決め手、それは、髪の毛を切られて持ち去られていたことだ。

当時、若手の同心だった伊勢平五郎は、寝る間を惜しんで、足を棒にして探索した。だが、手掛かりはまったくつかめなかった。

七人もの女を次々と殺した下手人は、〝髪切り魔〟と呼ばれ、江戸中を震え上がらせた。しかし七人目の女が殺されてからは、月が雲に隠れるように姿を現わさなくなり、事件はお蔵入りとなった。

十年が過ぎた今でも、平五郎は夢でうなされることがある。殺された女たちの、親兄弟、亭主子供が亡骸にすがって泣き叫ぶ姿を忘れることができないからだ。

霊巌寺に奉納された七つの髪束。平五郎の胸はざわついた。

三

数日後、酒場三祐で万造、松吉、鉄斎の三人が呑んでいると、そこにやってきたのは伊勢平五郎だ。三人とも、すでに十年前のことは聞いている。平五郎は酒をあおると――。

「やはり、霊巌寺に奉納されていた七つの髪束は、十年前、髪切り魔に殺された者たちの髪かもしれません」

鉄斎は平五郎の猪口に酒を注いだ。

「髪の毛では区別が難しいでしょう。決め手は何だったのですか」

「当時の書類に記録されていた特徴に、いくつか一致したんですよ。なかでも、ある女の髪の毛はかなり濃い赤毛（茶色）、また、ある女の髪の毛は強くうねる癖があると記録されていました。一束ではわからなかったかもしれませんが、殺された人数が七人で、奉納された髪が七束であるという点。また癖のある髪束の特徴が一致したという点からしても、まず間違いないでしょう」

万造は苦々しい表情をした。

「しかし、厄介なことになりやしたね。その髪を持っていたってことは、十年前の髪切り魔本人ってことじゃねえですか。その野郎が霊巌寺のあたりをうろついていやがるってことだ」

「決めつけることはできんがな」

松吉は手をひとつ、ポンと叩いた。

「だがよ、万ちゃん。これは厄介なことじゃねえ。髪切り魔だかなんだか知らねえが、十年ぶりに姿を見せたんだ。お縄にできるかもしれねえ。そうですよね、伊勢の旦那」

平五郎は頷いた。鉄斎は組んでいた腕を解いた。

「しかし、なぜ髪を奉納したのだろう。足がつくことにもなりかねん」

「島田殿はどうみますか」

「わかりません。ですが、それを言うなら、なぜ下手人は女を殺した後に髪を持ち去ったのでしょう。髪を持っていたら言い逃れはできません。いずれにしても、まともな者の仕業ではありませんな。奉行所の動きはどうなっていますか」

「今のところ、手がかりは三方だけです。しかし、奉納された三方はかなり古いものでしてね。新しいものなら、三方を売った店を割り出し、手に入れた者を片端から探していく手もあるのですが……。霊巌寺の近くで三方を持った者を見かけなかったか聞き込んでも、今のところ、これといった話は上がってこないのです」

四人はしばらく黙っていた。口火を切ったのは平五郎だ。

「はっきりしていることは、十年前の件に関わっている者がいるということです。もしかすると、下手人は奉行所に挑(いど)んできているのかもしれません。なんとしても……」

平五郎は拳(こぶし)で自分の太股(ふともも)を叩いた。

「伊勢殿。髪束が奉納されたことは、世間(せけん)に伏せるのですか」

「当面は伏せることになるでしょう。公(おおやけ)にすると、下手人を刺激することになりかねません。島田殿……」

平五郎は何かを言いかけた。

「どうしましたか」

「先日、島田殿は蕎麦屋で私に尋ねました。お美弥は、どうしてそんな危ない真似をするのかと……」

平五郎は少しの間をおいた。

「十年前、髪切り魔に殺された七人の中に、お桃という十八歳の娘がいました。お美弥は、そのお桃の姉なんです」

「お美弥さんの妹さんが……」

「お美弥は、女を殺す卑怯な下手人が許せないのでしょう。ですから、身の危険も顧みないのだと思います」

平五郎は、少し言い淀んで——。

「……それから、蛤町の雑木林で女の死体が発見されたのは知っていますか」

万造は頷いて——。

「読売で読みやしたよ、若い女が雑木林に投げ込まれていたって……」

「詳しい話は伏せさせたんだが、じつは絞め殺されて、髪を切られていた。十年前の髪切り魔と同じ手口なんです。そこへきて、霊巌寺に髪の束……。関わりがないとは思えません」

万造と松吉は、顔を見合わせた。

「……さあ、こうしてはいられない。この話は、万松の二人、お染さんあたりで止めておいてくださいよ」

立ち去った平五郎の背中を見ながら、松吉が呟く。

「お美弥さんて、お里さんをおけら長屋まで送ってくれたって人ですよね」

「伊勢の旦那の密偵で、囮を……。もちろん、だれにもそのことは話しちゃいませんぜ」

鉄斎は、お染と万造と松吉に、お美弥のことを話していた。やはり、何か深い訳があると見抜いたお染の勘に狂いはなかった。松吉は万造と鉄斎に酒を注ぐ。

「伊勢の旦那の顔つきがいつもと違ったな。そうは思わねえか、万ちゃん」

「ああ。並々ならぬ思いがあるんだろうよ。伊勢の旦那は、この件にカタをつけねえと、同心としてのけじめがつけられねえんだ」

鉄斎は小さく頷いた。

四

お美弥は十年前まで、両国橋の西詰近くの米沢町にある裏長屋で、母親のお岩、妹のお桃と三人で暮らしていた。父親は、お桃が生まれてからしばらくすると、流行り病で他界した。お岩は針仕事に精を出して二人の娘を育てた。

二人の娘も物心がついたころから裁縫を習い、母親の仕事を手伝った。お美弥とお桃の姉妹は十歳を過ぎても奉公には出ず、そのまま母の仕事を手伝い、針仕事で身を立てることにした。奉公に出て母を一人にすることが心苦しかったし、ずっと母と暮らしていたいと思っていたからだ。だが、お美弥はひとつ、隠していることがあった。それは、妹のお桃を疎ましく思っていたことだ。

二歳年下のお桃は小さいころから利発で愛敬があり、みんなに可愛がられた。それに比べて、お美弥は殻に閉じこもりがちで愛想のない娘だった。お美弥も、お桃のように振る舞いたいと思うが、気質はそう容易く変えられるものではない。

町内の祭りでは、お桃が手古舞に選ばれた。伊勢袴を身につけ、白塗りの化粧を施し、鉄棒を片手に神輿の先駆けをするお桃は、まさにお祭りの花形だ。そんなお桃の晴れ姿を目の当たりにして、お美弥は激しく嫉妬する。だが、お美弥はそれを表に出せる娘ではなかった。

お桃は手先も器用で、裁縫の覚えも早かった。

「すいません。先方が、この仕事はお桃ちゃんにお願いしたいって言うんです」

そんな言葉を聞くと、お美弥の胸は悔しさで潰れそうになる。

「振袖のお仕立てだからだよ。袴だったらお姉ちゃんのほうが上手だもの」

お桃はそう言うと、にっこりと笑う。

「そうだ。ここに折り目をつけてから縫えばいい。そうしたら、もっとよくなるよ」

お桃には悪気などない。そんなことはわかっている。わかってはいるのだが、お桃の優しさが余計に腹立たしく思える。そんなお美弥の気持ちを知ってか知らずか、お桃は姉を慕って、まとわりついてきた。

お美弥が二十歳のときだった。お美弥には思いを寄せている男がいた。近くの長屋に住む、雁助という大工だ。お美弥と同い年で、幼いころは近所の子供たちと一緒に遊んだ仲だった。二人は十五歳を過ぎても、一緒に初詣に行ったり、茶店で団子を食べたりした。雁助はお美弥にとって、唯一心を許せる男だった。

そして、お美弥は雁助と所帯を持つことを夢見るようになる。

ある日の夕刻。お美弥は近くの神社に呼び出された。雁助の様子はいつもと違っていた。お美弥の胸は高鳴る。

「お美弥ちゃん……」

雁助は目を伏せたが、意を決したように顔を上げてお美弥を見つめた。お美弥は雁助の口から出るであろう言葉を察してときめいた。

「おれ、好きなんだ……、おれ……」

お美弥は、次に雁助が発する言葉だけは生涯、忘れてはならないと思った。

「お桃ちゃんのことが好きなんだ。頼む、お美弥ちゃん。お桃ちゃんの気持ちを訊いちゃもらえねえか」

お美弥の胸の中で何かが崩れた。忘れられなくなるはずの、天にも昇る言葉は、二度と聞きたくない言葉となった。

お美弥は安酒場の暖簾（のれん）を潜（くぐ）った。もう、何もかもどうでもよくなり、自分を痛めつけてみたいと思ったからだ。

はじめて呑む酒は匂（にお）いがきつく、口に含んだものの、なかなか呑み込むことができない。頭の中には雁助の言葉が甦（よみがえ）る。お美弥は両手で耳を塞（ふさ）ぐと、酒を呑み込んだ。もっと呑めば忘れられる。お美弥はそう思って、立て続けに猪口から酒を呑んだ。

大きく息をつくと、身体の中が熱くなってくるのがわかる。このまま、自分の身体が燃えてなくなってしまえばいいと思った。

「だれかと思ったら、お美弥ちゃんじゃねえか。そんな呑み方をしちゃいけねえよ」

同じ長屋に住む、職人の富吉（とみきち）だ。

「ほっといてください」

「何があったか知らねえが、ここは、お美弥ちゃんが来るようなところじゃねえ。勘定（かんじょう）は払っといてやるから、帰（けえ）んなよ」

富吉はお美弥の前にあった徳利を取り上げようとした。お美弥はその手を払い除（の）ける。

「ほっといてって言ってるでしょう」

お美弥は徳利をつかむと、そのまま酒を呑んだ。

「こりゃ、手がつけられねえな。触（さわ）らぬ神に祟（たた）りなしってやつか」

富吉は主（あるじ）に耳打ちすると、店から出ていった。「もう呑ませるな」とでも言ったのだろう。

はじめて酒を呑むお美弥が、二合の徳利酒など容易く呑めるものではない。だが、お美弥はその酒を呑み切った。手足の力だけではなく、ものを考える力も弱まってきたのがわかる。

ふらつく足で表に出たお美弥は、暗くなった町を彷徨った。ふと、笑いがこみ上げてくる。こんな自分が主役の芝居を観たら、さぞ笑えることだろう。まるで道化師だ。相手役である雁助が「お桃ちゃんのことが好きなんだ」という台詞を吐いた途端、客席からは笑い声が巻き起こるはずだ。笑いすぎたお美弥の目からは涙が溢れてきた。何年ぶりだろう。涙を流すまで笑うなんて。

「お姉ちゃん〜。お姉ちゃ〜ん」

お桃の声が聞こえた。富吉がお桃に伝えたに違いない。お美弥は物陰に隠れた。こんな姿をお桃にだけは見られたくない。もしかしたら、今日のことが雁助から、お桃の耳に入るかもしれない。好きな男を妹に横取りされ、その悔しさから酩酊した姉。どこまで惨めなんだろう。

「お姉ちゃん〜。どこにいるの〜。お姉ちゃ〜ん」

お桃の声は通りすぎていった。お美弥にはそこから先の覚えがない。酒が回ってしまったのだろう。気がつくと、お美弥は自分の布団の上で着物のまま寝ていた。頭が割れるように痛い。何刻なのだろう。外はまだ暗いようだ。引き戸が開いて家に入ってきたのは、お岩だ。

「おっかさん……」

「お桃が帰ってこないんだよ。もうすぐ夜が明けるっていうのに……」

「お桃が……」

お美弥は昨夜の出来事を思い出そうとした。安酒場に入って酒を呑んで……。

お美弥の耳には「お姉ちゃん～。お姉ちゃ～ん」と叫ぶお桃の声が甦る。

「あたしが帰ってきたときには、お桃がいなくてね。あんたは酔って帰ってきて布団に倒れ込んじまうし。なんだって、呑めもしないお酒なんか呑んだんだよ……。そ、そんなことはどうでもいい。お美弥。あんた、お桃がどこに行ったか知らないかい。一度だって、黙って家を空けたことなんかない娘なんだよ」

お岩は、お桃がお美弥を捜しに行ったことは知らないのだろう。

お桃が殺されたと知ったのは、夜が明けて一刻ほどしてからだ。お桃は両国橋の南側、元柳橋の脇にある薬研堀に浮いていた。奉行所の調べによると、お桃は水を飲んでおらず、首を絞めて殺された後、薬研堀に投げ込まれたらしい。そして……。お桃の髪の毛は切られていた。お桃は七人が殺された事件の最初の一人になってしまったのである。

平五郎が酒場を出ていった後、なんとなく呑む気もなくなった万松と鉄斎は、早々に引き上げることにした。二ツ目之橋に差しかかったあたりで、息を切らせて走ってきたのは、おけら長屋の住人で畳職人の喜四郎だ。

「大変でえ。聖庵堂のお満先生が夜道で襲われたそうでえ」

万造は立ち止まった。

「ど、どういうことでえ」

「よくわからねえ。平野町での仕事が長引いちまってよ、帰りに高橋で、お律さんに出くわした。万造を呼びに行くって言うんで、その役をおれが引き受けた」

そのとき、三人の頭に浮かんだのは、先ほど聞いた蛤町の一件——若い女が絞め殺されたという話だ。松吉が呟く。

「そ、そいつぁ……」

万造は喜四郎の半纏の襟をつかむ。

「それで、どうなったんでえ。女先生はどうなったんでえ。どこにいるんでえ」

鉄斎は万造の手を引き離した。

「落ち着くんだ、万造さん。喜四郎さん、お満さんは……」

「聖庵堂に担ぎ込まれたそうで。とにかく、万造に……」

万造は話を聞き終える前に走り出した。松吉と鉄斎も後を追ったが、万造の背中はあっという間に見えなくなった。

万造は聖庵堂に着くと、転がるようにして奥の座敷に走り込む。そこにいたのは聖庵だ。

「万造……。間に合わなかったか……」

「な、なんだと〜。お、お満、女先生はどこにいるんでえ」

「離れだ」

万造は廊下を走る。離れの引き戸を開けると、布団の脇に見えるのは、お律の背中だ。お満の顔は見えない。

「ど、どういう了見(りょうけん)でえ。おれより先に逝(い)っちまうなんてよ」

万造はお律を押し退(の)けるようにして、布団の横に両手をついた。お満はきょとんとしている。

「ど、どうしたの、万造さん」

「ど、どうしたのって、お満先生が死んじまったってえから……」

お満は微笑んだ。

「勝手に殺さないでよね」

万造は全身の力が抜けたようだ。お律はそっと部屋から出ていく。万造とお満の仲は知らないが、聖庵に〝万造が来たら、お満と二人きりにしてやれ〟と言われていたからだ。

「あの、藪医者野郎(やぶいしゃやろう)、つまらねえ洒落を言いやがって……。死んじまったかと思ったぜ」

お満は、布団から手を出した。

「万造さん。私の手を握って」

「な、なんでえ」

「いいから、握って」

万造はお満の手を握った。

「ほら、温かいでしょう。お化けだったら冷たいはずだから」

「縁起でもねえことを言うねえ」

万造が手を振り解こうとすると、お満は万造の手を強く握った。

「お願い。もう少し握っていて」

万造もお満の手を握り直した。

「ありがとう、来てくれて。私ったら、いつも万造さんを走らせてばかりだね」

「ああ。どこまでだって走ってやらあ」

お満の目尻からひと筋の涙が流れた。

「怖かった……。仙台堀近くの永堀町で往診した帰りに、突然後ろから首を絞められたの。声は出せなかったけど、往診箱を落として大きな音がした。その音に気づいて近くの家から人が出てきた。気を失いかけたけど……。だれも出てきてくれなかったら、脇に引きずり込まれて殺されていたと思う」

お満の身体が震えているのが、手から伝わる。

「もういい。そんな話はしねえでいいからよ。今はゆっくりと休むんだ。おれがずっとここにいてやるからよ」

お満は万造の手を離して、布団の中から何かを取り出した。

「万造さん。これ……」

それは御守だった。

「昨日、霊巌寺に行っていただいてきたの。青い御守は万造さんが持っていて。赤い御守は……」

お満は、胸元から赤い御守を引き出してみせる。

二人の目があった。

「う、う……。うえっ……、うげえ……」

万造はお満の枕元にあったタライに嘔吐（おうと）する。酒をしこたま呑んで走ってきた産物だ。

「きゃ～。あっち行ってよ～」

お満は布団から飛び跳（は）ねるように起き上がった。

五

翌朝になり、お満はだいぶ落ち着いてきた。万造はひと晩中、お満に付き添って……と言いたいところだが、部屋の隅に転がり大イビキをかいていた。そんな万造でも、側にいてくれるだけで、お満は安心できる。

「お店はいいの？」

「ああ、松ちゃんがうめえこと言ってくれるだろうよ」

聖庵堂にやってきたのは、伊勢平五郎と島田鉄斎だ。もちろん、お満から昨夜のことを聞き取るためだ。お満は襲われた場所や、そのときの様子を話した。

「下手人の顔は見ていないのですね」

「ええ。後ろから首を絞められたので」

「何か思い出すことはありませんか。首を絞められたとき、下手人の手をつかみませんでしたか。太い腕だったとか、細かったとか……」

布団に座っているお満は、しばらく考え込む。

「よくわかりません……」

お満は目を瞑ってしばらく考え込む。

「……男、だったと思います。それから夢中でどこかつかんだ気がするんですけど、着物は上等だった。……それから匂いが」

「匂い？」

「……ええ、何だろう、思い出せない。でもどこかで嗅いだことのあるような匂いがしたんです」

お満は、大きく息を吐いた。

「それから、指が細くて冷たかった。女の手みたいな……。でも、手は大きかったし、すごく力があった。だから女の人ではない、若い男なんじゃないかと……」

お満は、少しでも医師らしく説明しようと努めている様子だった。しかし、弱々しく首を振った。

「あとは……。ごめんなさい。お役に立てなくて」

万造が割って入る。

「もう、それくれえにしてくれやせんか。昨夜のことを思い出させるってえのは酷ってもんですぜ」

　平五郎もこれ以上、訊く気はないようだ。

「何か思い出したら、万造に話してください。万造、頼んだぞ」

　鉄斎と歩く平五郎は、独り言のように呟く。

「お満さんを襲ったのは、蛤町の件と同じ下手人ですかな」

「わかりませんな。しかし、いきなり首を絞めてきたというのは、気になります。それに、お満さんが襲われた場所と蛤町は、かなり近い」

「だが、若い男というのはどうでしょう。もし、下手人が十年前と同じ髪切り魔だとしたら、合点がいきません」

「お満さんは医者ですからな。そのあたりの見立ては、正しいのではありませんか」

　平五郎は、考え込む。

「……じつに、じつに奇妙なことばかりですな。奇妙と言えば、お美弥です」

「お美弥さんがどうかしたのですか」

　平五郎は足を止めた。

「お美弥にこの一件を話したところ、囮になるのは嫌だと言うのです。もしかしたら、妹を殺した下手人をお縄にできるかもしれないというのに。解せません。何か子細があってのことかもしれません。とにかく、お美弥にその気がないのなら、お美弥を使うことはできません」

鉄斎の頭には、お染の顔が浮かんだ。

「伊勢殿は、髪切り魔のことで手一杯になることと思います。お美弥さんのことは、おけら長屋に任せてもらえませんか。長屋の女たちとも多少のつながりはあるようですから」

「それは、ありがたい。よろしくお頼みします」

平五郎は足を早めた。

平五郎は市中を探索し、疲れた足を引きずりながら、奉行所に戻った。そんな平五郎を待っていたのは、驚くべき出来事だった。

深川万年町に住むお茂登という女が、蛤町で女を殺したのは自分だと、名乗り出てきたというのだ。

平五郎はすぐ、調べに加わった。

「なぜ、女を殺したんだ」

お茂登は、それには答えず、淡々と話し出す。

「霊巌寺の近くで聞き回っていたそうですね。三方を持った者を見かけなかったかと。霊巌寺に髪を奉納したのは私です」

これには平五郎も驚いた。

「そ、それは真か。お前が三方を置いた刻限、どのように髪を並べたか、金はいくら、どこに置いたか、その三方を霊巌寺のどこに置いたか申してみよ」

お茂登が語ったことは、すべて事実と一致している。霊巌寺に髪束を置いたのは、お茂登に間違いない。

「それを、あの女に見られてしまいましてね。私に見覚えがあったようで、長屋に訪ねてきたんですよ。黙っててやるから三両ほしいと言われました。仕方なく、夕刻に蛤町の雑木林で、工面した三両を渡したんです。ですがあの女は、必ず二度、三度と金を無心してきます。ですから、後ろから首を絞めて殺しました」

平五郎は、何か腑に落ちない様子だ。

「まず訊こう。どのような経緯で、髪を奉納したのか話してみよ」

お茂登は頷いた。

「私は泉屋で奥女中をしていました。ご存じでしょうか。化け物細工の見世物で評判になった泉屋永仙のお店です」

平五郎は、思わず目を見開いた。

「もちろん知っている。永仙と言えば、おれが子供の時分に、回向院門前の見世物小屋で一世を風靡した人形師だ。永仙が作る幽霊は、本物の幽霊よりよっぽど怖いと評判だった」

「お役人様がご存じなのは、初代永仙のことだと思います。二代目が七歳のときに、初代のお内儀が亡くなり、そのころ、私は下働きとして泉屋に入りました。初代が亡くなられてから、二代目は……」

お茂登は深く息を吸うと、言葉を継いだ。

「二代目も腕のよい人形師だったんです。ですが、初代のようには、人との付き合いができない人でした。幼馴染みだったお内儀が若くして亡くなってからは、誰にも心を開かず、ますます人付き合いをしなくなりまして……。小さなころからお側にいた私でも、心の奥底が知れないと思うことが多くなりました。人形作りへの執念は深く、納得できる人形には話しかけたり、そうでない人形は粉々になるまで叩き潰したり……」

平五郎は黙って話を聞いている。

「人形作りでは、髪の毛に強いこだわりを持っていました。人形には女の髪の毛を使いますが、出来映えが気に入らないと、髪の毛を引き抜いたり、刃物で切り刻んだり。見ていて怖くなる光景でした。そして、髪切り魔の事件が起こりました。なんとなく気にはなっていたんです、二代目が関わっているのではないかと。そしてあの日……」

「何が起こったのだ」

「二代目は外で呑んで、泥酔して帰ってくることが多くなりました。あの夜、まともに歩くこともできずに帰ってきた二代目の懐から何かが落ちました。それは女の人の髪でした。私は問い詰めました」

《ま、まさか、世間を騒がせている髪切り魔は、二代目だったんですか……。そんな、まさか》

《おれは、もう駄目だ……。どうやっても、納得のいく人形が作れないんだ。むしゃくしゃして、人形を叩き壊すくらいでは、もう気が済まなくなってしまったんだよ》

《そ、そんなことで、人様（ひとさま）を》

《ある夜、おれは娘を見かけた。人形のように美しい娘だ。おれは、その女の後を尾行（つけ）た。気がついたら女を絞め殺してたんだよ。その娘の恐怖に歪んだ顔を見ていたら気分が晴れた。何とも言えない、いい気分だった……》

《二代目、なんてことを……》

《髪の毛を切ってやったよ。人形にしてやろう。娘は歳を取るが、人形にすればずっと変わらず美しい。そうだろう？　だからおれは、それからも……》

「二代目は髪の毛を懐にしまうと、大の字になって寝てしまいました。私は夢であってくれと願いました。でもこれは夢ではありません。私は押入れや戸棚、道具箱を調べました。道具箱の中に、風呂敷に包まれた六つの髪束を見つけました。人形用に仕入れたものとは明らかに違います。もう疑う余地はありませんでした。二代目は髪切り魔だった。すっかり気が触れてしまったのです」

平五郎は、低く唸る。

「あれほど血眼になって探した下手人が、こんなにも近くにいたというのか」

平五郎はそう言うと、音が聞こえるほど歯ぎしりをした。

「なぜ申し立てなかった。それを忠義と呼ぶのは許さぬぞ」

「……その夜、私は二代目を殺しました」

「な、なんだと」

「二代目は、正体を失ったまま、胃の腑のものを戻してしまったんです。そして吐いたものが喉につまって息ができなくなって……」

「それでは、そのほうが殺したわけではないではないか」

「いいえ、殺しました。戻したものをきれいにして、二代目を座らせれば、死にはしなかった。私はそうしなかったのですから」

お茂登は頭を振って、俯いた。

「朝になってから番屋に届け出ました。朝起きたら、主が死んでいたと。役人が来ましたが、特に疑わしいところもなく、二代目は頓死ということになりました」

　平五郎は溜息をついた。

「なぜ、永仙が髪切り魔だったと、奉行所に申し出なかったのだ」

「二代目には十歳になる坊ちゃんがおりました。幼い坊ちゃんを、人殺しの子にはしたくなかったからでございます」

　十年前の髪切り魔は、七人の女を殺してから姿を消したが、その謎は解けた。

「霊巌寺に髪を奉納したのはなぜだ」

「この十年の間、私は二代目が殺した女たちの霊に苦しめられ続けました。髪の毛を散切りにされた女たちが夢枕に立つのです。こ、このままでは狂い死にするかもしれません。ですから、髪を供養することにしたのです」

　平五郎は、引っかかりを感じて、首を傾げた。

「夢枕に、か。……霊巌寺を選んだのはなぜだ」

「特に理由はありません。私は霊巌寺近くで独り暮らしをしています。それだけのことです」

お茂登はそう言いきると平伏した。見ると、お茂登の鬢は細かく震えている。

「どうして、蛤町で殺した女の髪を切った。なぜわざわざ、ばれるようなことをしたのだ」

「は、蛤町で女を殺してしまったときに思いました。私も人殺しだ、二代目と変わらない。髪を切れば、十年前の髪切り魔と関わりがあると気づかれ、私もきっと見つかるだろうと。ですが、奉行所にこれ以上お手間をとらせることはできぬと思い、二代目と一緒に、わ、私も罪を裁いていただこうと思ったのでございます……」

平五郎は、しばらく無言でお茂登を見つめた。

――この女が、人を殺すだろうか。お茂登は善人だ。人を襲うだろうか。

平五郎は頭を振った。質問を重ねるたびに、目が泳ぎだす。

それは、嘘をつけない善人が、慣れない嘘をつき通そうとしているからだ。お満の一件には関わりないだろう。

――守ろうとしているのか。死罪になってもいいと思うほど、大切な誰かを……。お茂登は蛤町の下手人ではない。それは明らかだ。だが、平五郎はそのことに触れなかった。この一件には、深い闇が隠されていると思えたからだ。

　平五郎は、優しく声を掛けた。

「面(おもて)をあげい」

　お茂登は、かすかに震えながら身体を起こした。

「おれの目を見よ」

　お茂登は、平五郎の目を見るとすぐに目を伏せ、深々と平伏した。

「お、お許しを……、申し訳ありません。私がすべて悪いのです。いかようなお裁きもお受けする覚悟でございます。な、なにとぞ、なにとぞ……」

　平五郎は、大きく溜息をついた。

　翌日、お染は、相生町の甚兵衛長屋にお美弥を訪ねた。

「伊勢の旦那からの話を伝えに来ました」

　お美弥は怪訝な表情(かお)をする。

「おけら長屋のお染さんといいましたね。伊勢の旦那とはどんな関わりがあるんですか」

「お美弥さんと同じようなもんです。私だけじゃないんですよ。おけら長屋の人たちで、いろいろとお手伝いをさせていただいています」

「あの、お里さんという人もですか」

お染は吹き出した。

「あの人は違いますよ。でも、愛すべき人です」

お美弥もお里のことを思い出したのか、表情(かお)が少し緩んだ。

「それで、伊勢の旦那からの話っていうのは……」

「お美弥さん。私ね、お美弥さんのことをはじめて見たとき、思ったんだ。昔の私に似てるって。わかるんだよ。あたしも人に言えないことや、辛(つら)いことがたくさんあったから。ごめんよ。勝手に、お美弥さんをそんな仲間にしちまって」

お美弥もお染にはなんとなく親しみを感じている。

「伊勢の旦那にそのことを話したら、教えてくれたんだよ。お美弥さんのことをいろいろと」

お美弥は苦笑いを浮かべる。

「口が軽いんですね、伊勢の旦那は」

「勘弁してやっておくれよ。伊勢の旦那はね、私にお美弥さんの話し相手になってほしいと思ったんだよ。女同士の方が話しやすいこともあるからね」

お染は、お美弥の前に五合徳利を置いた。

「お美弥さんは呑ける口かい。真昼間から喉を湿らすってえのも乙なもんだよ」

お美弥は「いただきます」と言うと、湯飲み茶碗をふたつ置いた。

「話せるじゃないか。それじゃ……」

お染はその湯飲み茶碗に酒を注いだ。

「ふー。五臓六腑に染み渡るってやつだね」

お美弥も吸い上げるように酒を呑んだ。

「お美弥さん。あんた、どうして囮なんかをするようになったんだい」

いつもなら「あなたには関わりのないことです」と突っ撥ねるお美弥だが、お染に対しては、そんな気になれなかった。お美弥は思った。こんな姉さんがいたらよかったと。それに比べて、自分はお桃にとって、どんな姉だったのだろう。どうしようもない姉だ。

「お美弥さんには妹がいて、十年前、髪切り魔に殺されたんだってね。ごめんね。辛いことを思い出させて。お美弥さん。あんた、妹さんの仇を討とうとしてるんじゃないのかい」

「違います」

お美弥は、湯飲み茶碗に残った酒を呑み干した。

「お桃は……。妹は、髪切り魔に殺されたんじゃないんです。お桃を殺したのは私なんです」

「そ、それはどういうことだい」

「お酒をいただけますか」

お染はお美弥に酒を注いだ。

「私は、お桃のことを疎ましく思っていました。子供のころからずっとです。お桃には何の非もありません。お桃は素直で優しい娘でした。それなのに、私は本当に嫌な女です。妹に嫉妬して……」

お美弥はすべてを話した。雁助のことも、あの夜のことも……。

「あのとき、私がお桃に声をかけていれば、お桃は殺されずに済んだんです。だから、お桃を殺したのは私なんです」

お染は呟くように言った。

「そんなことがあったのかい……。そのことは、伊勢の旦那も知らないんだね」

お美弥は頷いた。

「番屋で蓆を捲ったときに見たお桃の姿……。私の心の中から消えたことはありません。私はお桃にすがって泣きました。心の中で〝ごめんね。ごめんね〟と何度も叫びました」

しばらく静かな時間が流れた。

「おっかさんは、お桃のことが原因で身体を壊し、その半年後に亡くなりました。おっかさんを殺したのも私です。だから、お桃とおっかさんには仇が二人いるんです」

「それはどういうことだい」

「仇は、髪切り魔と私です。ですから私は、髪切り魔と刺し違えます。そうすれば、同時に二人の仇を討つことができますから。そうでなければ、あの世でお桃とおっかさんに会わす顔がありません。髪切り魔は必ず現れます。もし、十年待って、髪切り魔が現れなかったら、お桃とおっかさんの墓前で死ぬつもりでした。そして、今年がその十年目です。伊勢の旦那の密偵として囮になっていたのは、髪切り魔が現れたときに、容易く事細かに知ることができるからです。もちろん、凶悪な下手人から女たちを守りたいという気持ちもありましたが」

お美弥は酒を口にした。

「そして、伊勢の旦那から十年ぶりに髪切り魔が現れたことを聞きました。これは巡り合わせだと思います」

「だから、お美弥さんは、囮になることを断ったのかい。誰の力も借りずに、ひとりでカタをつけるために」

「そうです。きっと、お桃が導いてくれたんです」

「それは、どうかな……。お桃さんは望んでいないよ。お美弥さんが髪切り魔に殺されることなんて」

「どうして、そんなことがわかるんですか」

「だって、お美弥さんが言ったじゃないか。お桃さんは素直で優しい娘だったって。もし、お美弥さんが髪切り魔に殺されたら、お桃さんは悲しむよ。〝お姉ちゃん。なんて馬鹿なことをしたんだ〟ってね。あんただって、それくらいのことはわかっているはずだ」

「そうかもしれません。でも、これは決めたことですから。愚(おろ)かな姉が唯一つけられるけじめなんです」

「そうかい。なら話そう。お美弥さんにとっては酷な話だけど、いずれは知ることだから。蛤町の話だけどね、下手人はお縄になったそうだ」

お美弥の動きが、止まった。

「……え」

「下手人は女で、霊巌寺に七つの髪束を奉納したのも、この女だったんだ。だけどね、そいつは十年前の髪切り魔本人じゃなかった。すべて白状したんだよ」

お染は、両手の掌(たなごころ)で、湯飲み茶碗を優しく包み込む。

「お桃さんを殺した髪切り魔は、十年前に死んでしまっていたんだ。だから、お美弥さんは、十年前の髪切り魔と刺し違えることは、もうできないんだよ」

お美弥は、瞬(まばた)きを忘れてしまったように、目を見開いて動かない。

「お美弥さんは、囮になって、何人もの女を救ってきたんだ。お美弥さんがいなければ、たくさんの女が殺されていたに違いない。お桃さんは許してくれるさ。

お姉ちゃん、もう充分だよってね」

お美弥の見開いた眼からは、大粒の涙がこぼれ落ちた。

「いいえ、お桃は、許してはくれないと思います。人生はこれからだっていう、十八の娘の命を奪ったのですから」

お美弥は、かすれた声で呟く。

お染は、涙を拭こうともしないお美弥を見つめて――。

「お美弥さん。あんただって同じじゃないか。これから男を好きになることだって、所帯を持つことだってできる。あんたが幸せになることが、お桃さんへの一番の供養なんだよ」

お美弥は黙って俯いた。

六

三日後、またしても由々しきことが起こった。

回向院裏の墓地で、女の死体が発見されたのだ。女は絞め殺され、髪を切られていた。遺体を見た者が複数おり、町奉行所も話を伏せておくことはできず、瞬く間に読売が出回った。

《髪切り魔、本所深川に再び》
《回向院裏で、十年前の恐怖が甦る》
《蛤町の殺しも髪切り魔の仕業か――》

江戸っ子たちは噂話をいつも求めている。十年前も、読売が「髪切り魔」と名付けて大いに煽り、読売を売りまくったのだった。今回も各版元で工夫を凝らしている。

伊勢平五郎は、地面に落ちている読売を横目で見ると、舌打ちをした。人殺しを面白おかしく書きたてる読売に、いい感情を持っていない。

平五郎は、鉄斎を呼び出した。

「島田殿、お呼び立てして申し訳ありません」

「いえ、私は暇を持て余しておりますから」

「読売が書きたてていますから、もうお聞き及びですね。回向院裏でまた女が殺されました。お茂登は、今大番屋にいます。だから、お茂登が回向院裏で女を殺せるわけがない。つまりお茂登以外に、人殺しがいるということです」

大番屋は調べ番屋ともいう。小伝馬町の牢屋敷へ入牢する前の取り調べが行われる場所だ。

「伊勢殿は、お茂登さんが下手人ではないと思って、大番屋に留め置いたのではないのかな」

「……この一件には、まだ先に何かがあります」

平五郎は、ここで言葉を切った。

「時間がないので、手っ取り早く申します。お美弥のことです。此度の事件で、髪切り魔が現れたことを知ったお美弥は、ひとりで動き出すかもしれません。いや、お染さんの話からすると必ず動き出すはずです。できましたら、お美弥を守っていただけませんか。私は奉行所で手配りをせねばならないものですから、島田殿とおけら長屋にお願いできたらと……」

「わかりました。できるだけのことはやってみましょう」

平五郎は頭を下げると、足早に去った。

蛤町も回向院裏でも、女が殺されたのは陽が暮れてからだった。夕刻以降の探索なら、鉄斎とお染だけではなく、万造や松吉も力を貸すことができる。

思った通り、お美弥は、夕刻に家を出て、暗い町中をひとり歩くようになった。

万造とお染が、その後を尾行(つけ)る。

「お美弥さんは、妹を殺した髪切り魔を殺して、自分も殺されてえと思ってるんだよな。百歩譲ってそいつはわからねえでもねえ。だけどよ、その髪切り魔って野郎は、十年前(めえ)に死んじまってるんだろ」

万造は首をひねる。

「するってえと、今出てきやがった髪切り魔は、十年前の髪切り魔とは別人だってことだ。そいつに殺されてえってのかい。なんだか意味がよくわからねえ」

お染は溜息をつく。

「相手はだれでもよくなっちまったのかもしれないね。悔しいねえ。あたしの言葉は、お美弥さんの胸には届かなかったってことかい」

「まあ、十年も思い続けてきたんでえ。そう容易く〝はい、そうですか〟ってわけにはいかねえのかもなあ」

お美弥は、万造とお染のだいぶ先を歩いている。

「松ちゃんの話によると、昨日は大横川のあたりを歩いたそうでえ。この前は回向院。同じ下手人とは限らねえが、お満先生が襲われたのが仙台堀近くの永堀町。いずれも大川の東側だ。あのあたりは、同心たちも張り込んでるからな。お美弥さんの目のつけどころは正しいかもしれねえな」

「よしなよ。お美弥さんが襲われるのを待ってるみたいな言い方をするのは」

だが、その日も何も起こらなかった。そして、そんな日が続いた。

今宵(こよい)は鉄斎とお染が、お美弥の後を尾行ている。

お美弥は大川の東の川縁(かわべり)を北に歩く。南本所番場町(みなみほんじょばんばちょう)を右に折れ、荒井町(あらいちょう)に差しかかる。このあたりは細い道が入り組んでいて、小さな寺社も多く、人通りはまったくない。

鉄斎とお染の先には、お美弥が持っている提灯の灯りが小さく見えている。鉄斎とお染は提灯を持っていない。下手人やお美弥に気づかれてしまうからだ。幸いなことに月が明るく、月明かりだけでもなんとか歩くことができた。

「旦那。なんだか気味が悪いですね」

「そうだな。生暖かい風が吹いてきた。髪切り魔が出るには、お誂え向きの夜なんだが」

「やめてくださいよ。幽霊じゃないんですから」

お美弥は細い路地を曲がった。右手には清光寺という寺がある。

――暗い。

月に雲がかかったのか、闇が濃い。お美弥はふと立ち止まった。その瞬間、誰かの声が聞こえた。

《お姉ちゃん、そこにいる。お姉ちゃん、走って逃げて》

「お桃……」

お美弥が振り返ると、暗闇の中に人影が見える。

――こいつだ。

お美弥は、一歩後退さった。黒い影は音もたてず近づいてくる。

――お桃、見つけたよ。もう誰も、お前のような目には遭わせない。

お美弥は、懐に入れている合口にそっと触れると鯉口を切った。ついにこのときがきたのだ。

鉄斎とお染も細い路地を曲がる。

「お美弥さんの提灯が見えない」

鉄斎は足を早めるが、あたりは真っ暗だ。

「どこだ。お美弥さんはどこに消えたんだ」

そのとき、女の叫ぶ声がした。

「だ、旦那……」

「お染さんはここで待て」

鉄斎は声の方に走り寄る。

月明かりの下に、後ろから羽交い絞めにされたお美弥の姿が見えた。

「お美弥さん」

鉄斎の声と同時に、何者かが黒い影に体当たりをした。雲が切れて月明かりが戻り、鉄斎にはその姿がはっきりと見えた。

「伊勢殿か」

黒い影は一度転がると、舌打ちをして、まるで闇に溶けるように、音もなく走り去った。

「追え、追えい。逃すな」

平五郎は大声を張り上げた。周囲に配置された配下の者たちが追いかける足音がする。

鉄斎が呟く――。

「あの身のこなし……」

平五郎の体当たりの後、すぐに身を起こし走り去った身体の動きは、並のものではない。

平五郎はお美弥を抱き起こす。

「お、お美弥……。大丈夫か、怪我はないか」

「旦那……。お桃が私を助けようとしてくれたんです。お桃が……」

「お桃が、お桃がどうしたんだ」

「そこにいるって、逃げてって、お桃が教えてくれたんです」

「大丈夫かい、お美弥さん」

走り寄ってきたお染が、安堵（あんど）の息をつきながら――。

「言っただろう。お桃さんは許してくれるって。だって、お桃さんは素直で優しい娘（こ）なんだから」

お美弥は、お染の言葉に嬉しそうに頷いた。

「だから私、戦ってやるって思ったんです。それでこれで……」

お美弥は、地面に落ちた合口を指差した。

「刺しました。無我夢中でよく覚えていませんけど、たぶん左の肩か腕のあたりです。間違いなく刺してやったんです」

合口には、血のりがついている。

鉄斎が合口を手に取った。

「確かに刺している。切先(きっさき)から二寸（約六センチ）ほど入っているはずだ」

「よくやった、お美弥。その刺し傷は証拠になるぞ」

平五郎はそう言うと、お美弥を抱きしめた。

「だ、旦那」

目を白黒させているお美弥を見て、お染は吹き出す。

「平五郎の旦那、そんなに強くしたら息ができませんよ」

「す、すまん」

平五郎はぱっと腕を離す。鉄斎は、そんな二人を見ながら――。

「伊勢殿。私たちに任せると言いながら、あなたもお美弥さんの後を尾行(つけ)ていましたな」

「私たちだけじゃあ、心配だったんでしょう。そんなに頼りないかねえ」

お染は、半分からかっている。

「た、頼りないなんて思ってないですよ。ただ今日は勘が働いたんです。だから、配下の者たちも連れて、この周辺を探索していたところで……」

下手(へた)な言い訳をする平五郎に、お染と鉄斎は顔を見合わせて微笑んだ。

　二人につられて微笑んだお美弥に、鉄斎が――。

「お美弥さん、こんなときに急かして申し訳ないが、下手人はどんな奴だった。暗いなかとはいえ、正面から下手人を見たのは、あんただけだ」

「若い男でした。ずいぶん上等な着物を着ていました。たぶん商人だと思います。そして……」

　お美弥は、しっかりと鉄斎の目を見た。

「暗がりではありますが、顔も見ました。次に会ったら間違えないと思います」


　伊勢平五郎は、お茂登がいる大番屋を訪れた。

　平五郎は格子の前に座る。お茂登は膝を崩していたが、平五郎に気づくと座り直した。

「どうだ。飯は食えているか」

　お茂登にはどうでもよい問いだった。

「伊勢様。私のお裁きはいつになるのでしょうか。どうせ死罪になるのなら、一日も早く楽になりとうございます」

「それが、そうもいかなくなってな。もう少し時間がかかりそうだ」

「それは、どういうことでございますか」

平五郎は悲しげな表情をした。

「回向院の裏でまた女が殺された。それから昨晩、荒井町でも女が襲われた。すんでのところで助かったがな」

「そ、そ、そんな」

「お前が庇おうとしているのは、二代目永仙の倅、藤十郎だろう」

「い、いえ、滅相もない。私がやったことです」

お茂登の顔からは、血の気が引いている。

「……まあ、よい。じつはな、藤十郎を出頭させるよう手配した。当人に訊けばすべてがわかるだろう」

平五郎が立ち去ると、お茂登は泣き崩れた。

お茂登が出頭する数日前の夜。お茂登を訪ねてきたのは、藤十郎だ。息を切らせ、倒れこむようにして入ってきた藤十郎は、瓶から水をがぶ飲みした。

「ど、どうしたんですか。こんな刻限に」

藤十郎はそのまま座敷に上がると、座り込んだ。

「どうしよう、お茂登。おれはおかしい、おかしいんだ」

藤十郎は頭を抱えて号泣した。お茂登は藤十郎が落ち着くまで待った。

「いったいどうしたんです」

「おれには、おとっつぁんと同じ血が流れてるんだ。女を七人も殺した髪切り魔と同じ血が流れてるんだよ」

「ど、どうしたんですよ。いったい何を……」

「見てしまったんだ。聞いてしまったんだよ。十歳のときに……。おとっつぁんが、自分は髪切り魔で人殺しだと言ってるところも、死にそうになっているおとっつぁんを、お前が助けなかったことも……」

「な、なんですって」

藤十郎は二代目永仙が死んだ翌年、初代永仙の兄弟子だった寿仙のところに弟子入りした。このとき、泉屋の身代は寿仙預かりとなり、お茂登には、初代永仙の隠宅を管理するよう、とりはからられた。泉屋に尽くしてきたお茂登の暮らしを考えた、寿仙らしい配慮だった。

藤十郎は人形師としての筋がよく、寿仙には跡取りがいなかったことから養子にほしいとの申し出があった。名人、泉屋永仙の名前を継がせるように勧めるのが、自分の務めかもしれないが、あの二代目の最後を思えば、その名すら不吉だ。藤十郎から意見を求められたとき、お茂登は養子になることを勧めた。

その藤十郎が〝あのこと〟を知っていたとは……。

「あの夜のことは、一日も忘れたことはなかった」

藤十郎は目を瞑った。

「一年ほど前、人形師の仲間から吉原に誘われた。女を抱くのははじめてだった。女を抱いた後、その女は鏡にむかって髪を梳かしだした。おれはその髪が無性にほしくなった。気がついたら後ろから女の髪を触っていた。おれは自分が怖くなった。おれの身体にはおとっつぁんと同じ血が流れている。いつか、おとっつぁんと同じことをしちまうんじゃないかって……」

藤十郎の身体は震えていた。

「それからも女の髪の毛を見ると、どうしようもない気持ちになることがあった。やっぱり、おれの身体にはおとっつぁんと同じ血が流れているんだ。流れてるんだ」

藤十郎は頭を抱えた。

「それ以来、おれは女の側には近寄らないようになった。何かしてしまうんじゃないかと怖くて怖くて……」

藤十郎は、顔を手で覆った。

「そう考えていたら、寝られなくなった。酒を呑んで寝ても、怖い夢ばかり見てすぐに起きてしまうんだ」

お茂登は、震える藤十郎を茫然と見ている。

「怖い夢は、本当に夢なんだろうか。私は夢の中で、女の髪の毛を切って殺してしまうんだよ」

「そ、そんな……。夢は夢ですよ、坊ちゃん」

「ひと月前に気づいた。おれは、夜に外を歩いてるんだ。昨日も夜中に外を徘徊していたらしい。部屋で寝ていたと思っていたのに、起きたら足が泥だらけだったんだ」

「だからって、坊ちゃんは人殺しなんかしませんよ」

「自信がないんだよ、お茂登。蛤町の雑木林で若い女の死体が見つかったって、読売で読んだ。おれがやったんじゃないだろうか。だとしたらどうしたらいい、お茂登」

そう言うと、藤十郎は号泣した。

お茂登は必死に藤十郎を宥め、落ち着かせて帰らせたが、心の奥では、藤十郎の言葉を打ち消しきれなかった。

藤十郎は気弱で、周りの目を気にしすぎる子供だった。お茂登は、二代目とは似ても似つかない性格の藤十郎を安堵の目で見つめたものだったが、今日の藤十郎を見てはっとした。藤十郎の面差しは、年々二代目に似てきている。

──あのことを、見ていたなんて……。

お茂登の夢にも、主が殺した女たちが出てくることがあった。見たこともない女たちはのっぺらぼうで顔がない。それなのに、恨みを込めてお茂登を見ているような気がするのだ。

――すべてを知っているのに、何もしない私を責めてるんだ。私が恨まれるのも仕方ないと思っていた。でも、まさか坊ちゃんまで……。もっと早くに真実を明らかにして、坊ちゃんと話をするべきだった、なのに私は……。

お茂登は、顔を覆ってうずくまった。

――二代目を死なせて、知らぬ顔をした私に罪がある。これから私がすることは、間違えているかもしれない。でもそれでも、あの子を守りたい。

お茂登はそう呟くと、立ち上がった。

お茂登が住んでいる家は、初代永仙の隠宅だった。初代の道具類の他に、二代目の遺品も残っていた。お茂登は鍵を取り出すと、奥座敷の隠し棚を開けた。

隠し棚に入っている桐の箱には、二代目が殺した女たちの髪が納められていた。供養しないで処分することなど、到底できなかったのだ。

恐る恐る蓋(ふた)を開けると、包み紙が少し黄ばんでいるが、髪束は十年前と変わらない。お茂登は髪束を手に取ると、髪油を塗りながら梳かし、新しい紙に包み直した。三宝を持ってきて髪束をのせると、手を合わせる。

次に、座敷横の物置を開けて、初代永仙の道具箱を開ける。そこには、初代が買い集めた髪束もあった。

――蛤町の一件が坊ちゃんの悪夢通りだとすると、髪を切って持ち帰っているはずだ。坊ちゃんが髪の毛を切ったかどうか……。そこまでは、さっきは思いいたらなかったけど。

お茂登は髪束をひとつ取り出し、髪油を塗って新しい紙で包むと、自分の行李（こうり）の中に入れた。

――これでいい。まず七つの髪束をお寺で供養しよう。そしてその後に、行李に入れた髪束を持って名乗り出よう。そうすれば、蛤町の髪切り魔は私だということになるはず……。

追い詰められたお茂登には、これが精一杯だった。

七

大番屋に出頭してきた藤十郎の顔色は悪く、ずいぶんやつれた様子だった。藤十郎は、お茂登の顔を見つめた途端、ぼろぼろと涙をこぼした。そんな藤十郎を見て、お茂登は胸を痛めた。

調べ小屋には、伊勢平五郎の他に、浪人姿の武士が一人いた。

「こちらは、島田鉄斎殿という。荒井町で女が襲われたときに、その場にいた人だ。今日は同席してもらう。よいな」

藤十郎とお茂登は、力なく頷いた。

「では、藤十郎。このお茂登は、女を殺して髪を切ったのは自分だと言っている。どう思うかな」

藤十郎は、深々と低頭(ていとう)した。

「お茂登は誰も殺しておりません。私を庇おうとして……」

「坊ちゃん、何を言い出すんですか。伊勢様、……違います、私がやったんです」

お茂登はそう言うと、額(ひたい)を床(ゆか)に打ちつけるように平伏する。平五郎は、庇い合う二人の様子をしばらく見ていたが、ふっと笑った。

「お茂登よ。お前は、霊巌寺に髪束を奉納したのを見られて脅迫されたから、女を殺したと言ったな。しかし、それはありえぬことだ。なぜなら、お前が髪束を奉納した日の三日前には、その女はすでに死んでいたのだから」

お茂登は、はっと顔を上げた。

「それに、その後の事件はどうする。お前はこの大番屋にいたではないか」

「そ、それは……」

お茂登は口籠もる。

藤十郎が震える声で――。

「わ、私がやったのかもしれません」

「やったのかもしれない。……かもしれないとはどういうことか。申してみよ」

平五郎は、穏やかな口調で促す。

「はい。申し上げます」

藤十郎は、すべてを隠さずに話した。父のように、自分も人を殺してしまうんじゃないかと怯えていることも。夜眠れなくて、外を徘徊してしまっていることも、その間の記憶がまったくないことも……。

「ふうむ、それはまた難儀な。そのようなことはあるものでしょうか」

平五郎は鉄斎を見た。

「寝ている間に本人は知らぬうちに歩き回ってしまうというのは病気だと、聖庵先生に聞いたことがありますな。魂が抜け出てしまっているのだという人もいるそうです」

「なるほど……。本人も覚えていないことを、どう証とするのか、ということですな。しかしな、藤十郎。荒井町で起こった事件の下手人には、確かな印がついておるのだ」

平五郎は、小者に目配せをした。小者は、藤十郎の腕を縛っていた縄を解く。

「単衣を脱いでみろ」

藤十郎は震えながらも、脱いで見せた。

「……ありませんな」

鉄斎の呟きに、平五郎は頷いた。

「な、何がでございますか」

「もしそのほうが下手人ならば、身体のいずれかに刺し傷があるはずなのだ」

「刺し傷……」

「そうだ。荒井町で捕らえそこねた下手人は、かなり深く合口で刺された。隠そうにも隠せない傷だ」

「で、では、坊ちゃんは下手人ではない、と」

お茂登は、うわずった声を上げる。

「そういうことだな。少なくとも荒井町の下手人ではないことは明白だ。蛤町の件には証がないのだが。……しかしお茂登よ、おれの見立てだが、藤十郎は罪人ではなさそうだぞ」

お茂登はその言葉を聞いた途端、泣き崩れた。

「それからお茂登。お前が持っていた髪束だがな。人形師に見せたのだが、ずいぶん古いものだそうだな。油を塗り直して新しく見せかけようとしただろう。加えて、蛤町で女が殺された日の夕刻から夜分にかけて、お前が家から出ていないことを、隣家の下女が証言している。それに、殺した女の面相を尋ねても、お前は暗がりでよく見えなかったと言い張ったが、それも嘘だろう。お前はその女を見たことがないんだ。要するにお前は下手人じゃない。そうだな」

「お、おそれいりましてございます」

お茂登は、震えながら平伏した。

「たばかられるのは好きではないが、まあよい。主思いが高じての所業ということにするか……。」

お茂登と藤十郎は泣きながらも、頷いた。

酒場三祐で車座（くるまざ）になっているのは、万造、松吉、お染、鉄斎、そして伊勢平五郎の五人だ。

「此度のことでは、島田殿はじめ、おけら長屋のみなさんにお世話になりました。貧乏同心ができることといったら、これくらいです。今日は存分に呑んでください」

なぜか、万造と松吉の前には丼（どんぶり）が置いてある。お染は呆（あき）れる。

「ちょいと、あんたたち、どんだけ呑むつもりなんだい」

お栄が、盆にのり切れないほどの徳利を運んできた。

「お染さん。余計なことは言わないでくださいよ。伊勢の旦那持ちってことなら、踏み倒される心配はないですから」

「違(ちげ)えねえや」

みんなが笑った。そして、みんなが美味そうに酒を呑む。そこにやってきたのはお満だ。

「ごめんなさい。遅くなってしまって」

お満はお染の隣に座った。

「もう大丈夫なのかい」

お満は笑った。

「ええ。心も身体も、もう大丈夫です」

松吉が丼酒をあおる。

「しかし、危なかったなあ。お満先生を襲ったのも、お美弥さんを襲った野郎だったんでしょう。一歩間違ったら、今、お満先生はこの世にいねえんだぜ」

お満とお美弥の証言を照らし合わせると、多くの部分が一致した。そのため町奉行所は、二人の件も、蛤町と回向院裏の人殺しの件と、同じ人物だと断じている。

万造は、わざとらしく大きく頷いて――。

「〝憎まれ子世にはばかる〟ってえのは、本当だったんだなあ……」

お満の眉毛が吊り上がる。

「何よ。私のことが心配で聖庵堂に転がりこんできたくせに」

「おめえだって、手を握っててくれなんぞと……。あっ……」

一同がにやけた表情で万造とお満を見つめている。

「い、いや、その、今のは、ほんの洒落だからよ。なあ、お満先生……」

「そ、そうですよ。ちょっと、みんなを笑わそうと思って……」

助け舟を出したのは平五郎だ。

「真相を見抜くには、お満先生の〝若い男だと思う〟というひと言が大きかったですよ。島田殿も、お満先生の見立ては確かだと言ってくれましたので」

お染が、平五郎に酒を注いだ。

「それにしても、お茂登さんが下手人ではないと、よく見抜きましたねえ」

平五郎はその酒を呑んでから——。

「お満先生の話が、まず頭にありましたからね。それにお茂登が奉行所で語ったことには矛盾がありましたから、不審に思うのは当然です。お茂登の必死な表情を見て、誰かを庇っていると思いました。お茂登がやったのなら死罪は免れません。死罪になってまでも庇いたい者……。お茂登が仕えていた泉屋の息子が元飯田町にいることをつきとめ、そちらにも見張りをつけておいたのです。それが功を奏しました」

お染は感心しきりだ。

「藤十郎って人が、夜中に徘徊するってのも、それで証がたったたんですね」

鉄斎も頷く。

「回向院裏で女が殺された日も、荒井町でお美弥が襲われた日も、藤十郎さんは確かに夜道を歩いていた。しかし見張りがずっと後を尾行ていて、道をただ徘徊して、家に帰ったのを見ていた。だから藤十郎さんの言っていることが、ごまかしでも何でもないことはわかっていたんだ。それでも伊勢殿が刺し傷を検めたのは、あの二人のためだったんでしょう。下手人ではないことを明白にしてあげたかったのではないかな。伊勢殿のお心は温かいですな」

平五郎は、照れた表情をする。

「いえいえ、そんな大層なもんじゃありません。念のためですよ。確かに十年前の髪切り魔については、真実がわかりました。死んだ二代目永仙が、十年前の髪切り魔だということです。しかし蛤町、回向院裏で女を殺している今の髪切り魔については、正体もつかめていませんからな」

お染は、平五郎の猪口に酒を注ぎながら——。

「だけど、しっぽはつかんでいるでしょう。お美弥さんが下手人の身体に残した刺し傷だってあるんだし」

「お満先生とお美弥のおかげですよ。私たちも、ここからが踏ん張りどころです」

静かに聞いていたお栄が松吉の頭を、お満が万造の頭を同時に叩いた。

「あんたたち、呑んでばかりいないで、少しは話を聞きなさいよね」

「馬が水を飲んでるんじゃないのよ。もっと味わって呑みなさいよ」

またみんなが笑った。平五郎も一緒に笑いながら——。

「かまいませんよ。万松のお二人さんには、特にこれからもお世話になるでしょうから。さあ、たんと呑んでください」

万松は、ぴたりと呑む手を止める。

「なるほどねえ、この大盤振る舞い(おおばんぶるまい)が、タダってことはないねえ」

お染が困ったような顔をして笑った。平五郎は微笑んで――。

「私たちもと言っただろう。〝も〟の中には、当然おけら長屋が入っている」

「じょ、冗談じゃねえ」

「そんなおっかねえ人殺し、おれたちにはどうにもならねえですぜ」

万松は、いつになく真剣に言う。

平五郎は、咳払いをして背筋を伸ばすと、頭を下げた。

「ふざけた言い方をしてすまない。しかし、本心からお願いする」

万松は、苦虫を嚙み潰したような表情をしている。

「下手人に襲われて生きているのは、お満先生とお美弥だけだ。二人の名前は、外に洩れないようにしているものの、下手人がどこで気づくかわからん。危険すぎる」

万造は舌打ちした。

「その危険を知って、おけら長屋が黙ってるわけがねえ。……そういうことですかい」

平五郎は顔を上げると、頭を掻く。

「まあ、そう尖（とが）るな。下手人探しは、どれだけ長丁場になるかもわからない。十年前の髪切り魔も、十年かかってようやく正体が知れただけ。下手人はとっくに死んでいた。しかし此度は、そんな結末には決してしない。必ず捕（つか）まえる。そのためにも、お満先生をおけら長屋で守ってほしいのだ。協力してほしい。頼む」

もう一度頭を下げる平五郎を見て、お栄が松吉の頭を叩く。

「ちょっと。何黙ってるのよ。みんなで気をつければいいじゃないの。どっちにしたって、お満さんを守るに決まってるんだから」

鉄斎も頷く。

「下手人探しは門外漢（もんがいかん）だが、お満さんを守るということなら、できることはあるのではないかな」

「わ、わかりましたよ。やりますよ、やりゃあいいんでしょ、仕方ねえなあ」

そんな万造の頭を、お満が叩く。

「仕方ねえとは何よ、喜んで、と言いなさいよ」

万造とお満が言い争いを始めるのを見て、お染が茶化（ちゃか）す。

「まったく、何かって言えば、痴話喧嘩（ちわげんか）かい。見てられないねえ」

どっと一同が笑う。

お染はひと笑いすると酒をひと口呑み、しみじみと呟いた。

「お美弥さんも、永仙という人形師も、藤十郎という息子も、お茂登さんも、心の中に闇を抱えていたんだねえ。なんだか、他人事とは思えないよ」

お満は頷く。

「人はみんな、心に闇を抱えているのかもしれませんね。その闇に光が射し込むには、何が要るのかしら」

鉄斎は猪口を置いた。

「人、だろうな」

お満は「人……」と繰り返した。

「人の温もりや優しさだ。そして、ときには厳しさも。お美弥さんは、お染さんや伊勢殿の優しさや温もりで、暗闇だった心に灯りを灯すことができたではないか」

お染はしみじみと酒を呑んだ。

「お美弥さんには幸せになってほしいねえ。ねえ、伊勢の旦那。そうは思いませんか」

伊勢平五郎は何も言わず、猪口を見つめた。

「旦那、どうしたんですか」

「じつはどうしても、お茂登に尋ねてみたいことがあってな……。訊いてみたのだ」

「何を尋ねたんですか」

「男と女のことだ。何があったか詳しいことは訊かん。藤十郎は、永仙とお前の子ではないのか……と」

一同は息を止めた。

「お茂登さんは、なんと……」

「何も答えずに、ただ俯いただけだ」

平五郎は、静かに猪口の酒を呑んだ。

平五郎とお美弥は、両国橋の袂から、大川を眺めている。

「伊勢の旦那。昨夜はずいぶん呑んだようですね」

お美弥はそう言うと、鼻をつまんで顔をしかめる。

「ああ、呑んだ呑んだ。身体中から酒が噴き出しそうだ。お前も来ればよかったのだ。おけら長屋の連中は面白いぞ」

お美弥は、鼻をつまんだまま、ほのかに笑った。平五郎は、そんなお美弥を見て心が温かくなる。荒井町の一件以来、お美弥はよく笑うようになった。

お桃を死なせてしまったと悔いて、お美弥の心は時を止めてしまっていた。しかし事件を乗り越えたことで、再び時が動き出したということだろう。

「お美弥。髪切り魔は必ず捕まえる。そこまでは一緒に働いてほしい。だが終わったら、この仕事はもうやめろ。お前の働き口はちゃんと見つけてくる」

「どうしてですか。私は伊勢の旦那と……」

「こんなことをしていたら、命がいくつあっても足らん」

「だって、伊勢の旦那が守ってくれるんですよね。この前みたいに」

「お前には一人の女として幸せをつかんでほしいのだ」

「無理ですよ、こんな女に」

「そんなことはない。お前は自分で思っているほど、その、何というか……」

「何です。はっきり言ってくださいな」

「だから、その……」

そんな二人を両国橋の上から眺めているのは、鉄斎とお染だ。

「何を話してるんですかね、あの二人……」

「さあな」

「伊勢の旦那は独り者なんでしょう。あの二人、お似合いだとは思いませんか」

「そうかな……」

「まったく、旦那って人は鈍いんだから。ほら、お美弥さんは女の顔になってますよ。うまくいくといいのにねえ」

「伊勢殿は同心で、お美弥さんは町人だぞ」

「大人の色恋には、どうだっていいことですよ。所帯を持つことだけが幸せじゃありませんから。旦那もそう思うでしょう？」

「ま、まあ、そうかもしれんがな」

「そう言えば、旦那とあたしも、お武家と町人なんですよ。旦那。あたしも気にしてませんからね、そんなこと……」

「えっ。そ、それはどういうことかな……」

そんな二人を、柳の陰から眺めているのは、万造と松吉だ。

「なあ、松ちゃん。あの二人をどう思うよ」

「鉄斎の旦那とお染さんのことか」

「ああして並んでると、絵になるじゃねえか」

「いいねえ。大人の男と女ってえのはよ。お互えの心の中にある暗闇を突っつこうともしねえし、掘り返そうともしねえ。丸ごと包み込んでるのよ。とても、おれたちにできる芸当じゃねえや」

「まったくだぜ。十年早えや」

大川から吹く西風は、万造と松吉の頬を心地よく撫でた。

本所おけら長屋（十六）　その弐

ねんりん

一

松井町にある酒場三祐で呑んでいるのは、万造、松吉、八五郎の三人だ。万造は八五郎の猪口に酒を注ぐ。

「それで、八五郎さん。思い出したのかよ」

八五郎は指先で喉を掻きむしる。

「ここまで出かかってるんだけどよ。ああ、切ねえなあ。さっき、そこの暖簾を潜るときにゃ、それを言うつもりだったのによ」

松吉は面倒臭そうに――。

「無理して思い出すこたあねえよ。どうせロクでもねえ話に決まってらあ」

「そんなこたあねえ。おめえたちが食いついてきそうな話だったんでえ。何だっけかなあ」

万造は猪口を置いた。

「おれたちが食いつきそうってことは、まず考えられるのは……、酒に関わることじゃねえのか」

「酒……」

八五郎は考え込む。

「ほら、寅吉が一斗樽を背負って歩いてた、とかよ」

「なるほど。だから、これから寅吉の汚え長屋に押しかけてよ、般若みてえな女房と九匹のガキを叩き出して、その酒を呑んじまおうって話じゃねえのか」

「確か、ガキは七匹じゃねえのか」

「わははは。七匹、九匹って猫や鼠じゃねえや。違うのかい、八五郎さん」

八五郎は猪口の酒を呑み干した。

「寅吉が酒を持って歩いてた、だけでいいんじゃねえのか。どこまで話が続くんでえ。寅吉でも、酒の話でもねえや」

万造は腕を組む。

「おれたちが食いつきそうな……。〝呑む〟の次は〝打つ〟とくらあ。博打の話じゃねえのか。今夜、このあたりで賭場が開かれるとかよ」

「そりゃ、大変だ。持ち金が百文しかねえ。万ちゃんはどうなんでえ」

「情けねえなあ。大の男が百文ぽっちとはよ。おれは持ってるぜ。五十文」

「半分に減ってるじゃねえかよ。博打を打つにゃ。元手がいる。そういうわけだ、八五郎さん。その話は聞かなかったことにしとくぜ」

八五郎は感心する。

「おれは、なんにも言っちゃいねえのに大したもんだ。博打の話でもねえや」

万造は左手の小指を立てて――。

「〝呑む〟〝打つ〟とくりゃ、お次は〝これ〟ってことにならあ。だれでえ、その、水も滴るようないい女ってえのはよ。どっちに向かって歩いていやがった」

「間に合いそうなら、今から追いかけようじゃねえか。どっちでえ、東か西か、右か左か、上か下か……」

「松ちゃん。断っておくが、最初に目をつけたのは、おれだからな。手出しはならねえぜ」

「冗談じゃねえ。見つけたもん勝ちよ」

八五郎はゆっくりと猪口を置いた。

「何度も言うが、おれは何も言っちゃいねえぜ。どこまで話を膨らませる気でえ」

店のお栄が口を挟む。

「八五郎さんは万松の二人に遊ばれてるだけだよ。真に受けると馬鹿を見るよ」

八五郎はお栄に酒を頼んでから――。

「お栄ちゃんの言う通りでえ。こんな野郎たちの話を真に受けてたら、馬鹿を見るのはこっちだからな……。馬鹿を見る、馬鹿を見る……」

「どうしたんでえ」

「馬鹿を見るで、思い出したぜ。弥太郎を見たって話だ」

「馬鹿を見るで、弥太郎を思い出すとは笑えるじゃねえか」

万造と松吉は大笑いした。

弥太郎は、神田川に架かる新シ橋の近く、久右衛門町にある草履屋、飯田屋の跡取り息子で、おけら長屋の大家、徳兵衛の遠縁にあたる。素行が悪く、与太者とつるんで賭場に出入りして揉め事を起こすなど、父親の九兵衛にとっては厄介な倅だった。九兵衛は、弥太郎をおけら長屋に預けて、鍛え直してほしいと徳兵衛に頼み、徳兵衛は仕方なく、弥太郎を預かることにした。弥太郎は理屈をこねるのが得意で、流されやすい気質ときている。その上、格好をつけるのが好きで、女の気を引くことばかり考えている。何をやってもしくじり続きで、おけら長屋の連中から笑い者にされていたが、いつしか、万造と松吉に憧れて〝兄貴〟などと呼ぶ始末。とりあえずは、飯田屋に返されたが、その後も、火消に憧れたり、十手持ちの真似事をしたりと、笑いの種は尽きない。

「それで、弥太郎がどうしたんでえ」

八五郎は身を乗り出した。

「それが、はじめは弥太郎だと気がつかなかったんでえ。弥太郎の奴はよ……」

「おっと、みなまで言うねえ。おれたちが当てようじゃねえか。火消ときて、十手持ちだろう。あの馬鹿野郎が次に目をつけるとすりゃあ……。歌舞伎役者あたりじゃねえのか。顔を真っ白くして、紅色の隈取り描いて、片足で跳びながら歩いてたとかよ」

松吉は腹を抱えて笑う。

「わははは。そんな顔をしてたんじゃ弥太郎だってわからねえだろうよ」

「違えねえや。松ちゃんはどう思うよ」

松吉は猪口の酒を呑んだ。

「弥太郎が憧れそうなもんといやあ、もっと乙な商売よ。わ、わかった。幇間でえ。派手な柄の羽織を着やがって、扇子をパチパチ鳴らしながら〝よっ。こんち、八五郎の旦那。いいお天気でげすな。拙はテケレッツのパーってな具合でござんす〟なんぞと、ほざきやがったんじゃねえのか」

八五郎は届いた酒を猪口に注いだ。

「おれだって、おめえたちの立場だったら、同じようなことを考えたに違えねえ。ところが弥太郎の野郎、地味な土色の着物を着やがってよ、ゆっくりとした口調で、〝これは、これは、八五郎さん、ご無沙汰をいたしております〟ときやがった」

万松の二人は顔を見合わせる。

「あの野郎、やっと草履屋の商えに身を入れる気になったのか……」

「まあ、落ち着いたってことだろうよ」

八五郎は頭を振る。

「そうじゃねえ。ちぐはぐで様になってねえのよ」

万造は頷いた。

「確かに、弥太郎が商えに身を入れるなんざ、たとえ、お天道様が西から昇ったとしてもありえねえ。こりゃ、何かあるな。なあ、松ちゃん」

「ああ。面白そうな話じゃねえか。ちょいと呼び出してみるか」

八五郎は、万松の二人がこの話に乗ってきたので嬉しそうだ。

「おめえたち、何だかんだ言って、弥太郎のことが好きなんじゃねえのか」

万造と松吉は同時に「そうかもしれねえなあ」と呟いた。

四日後の夕刻、弥太郎が三祐にやってきた。弥太郎に文を渡すように、神田界隈を行商している男に頼んでおいたのだ。弥太郎は万造、松吉、八五郎の前できちんと正座をした。

「万造さん、松吉さん。ご無沙汰をいたしております」

万造と松吉は弥太郎の姿を見て驚いた。地味な着物を着ているとは八五郎から聞いていたが、髪の毛のあちこちが白くなっているのだ。

「弥太郎、おめえ、その形はどうしたんでえ。いっぺんに老けちまったじゃねえか」

万造の言葉に、弥太郎は微笑んだ。

「そうですか。老けて見えますか。それは結構なことでございます」

万造が弥太郎の頭に思いっきり息を吹きかけると、髪の毛から白い粉が飛び散った。

「な、何をするんですか」

「髪の毛に白粉を塗ってやがるのか。弥太郎、おめえ、何を考えていやがる」

弥太郎は黙っている。松吉は弥太郎に酒を注いだ。

「火消、十手持ちなんてえのは、おめえのやりそうなこった。察しがつかあ。今度は何でえ。気になって仕方がねえ」

弥太郎は面倒臭そうな表情をする。

「八五郎さんが話したんですね。私のような年寄りが何をしようと、あなた方には関わりないでしょう」

「だれが年寄りなんでえ。てめえはおれたちよりも年下じゃねえか」

「とにかく、私のやっていることに首を突っ込むのはやめてください。それに、話したところで、あなたたちのような、がさつな方々にはわかっていただけないと思いますので……。それより、ここに来たのは〝ついで〟でしてね。これから与兵衛さんのところに寄るつもりですので失礼します」

万造は驚きを隠せない。

「与兵衛って、相模屋の隠居か」

「そうですけど、何か……」

「おめえは、相模屋の隠居と犬猿の仲じゃなかったのかよ」

弥太郎は、酒には口をつけずに立ち上がると、静かに消えていった。

三月ほど前、弥太郎は飯田屋の馴染み客である三津五郎の家を訪ねた。

三津五郎は神田一帯を縄張りにする博徒の元締めだったが、五年前に引退し、今は神田松永町にある一軒家で気ままな独り暮らしを続けている。

若いころから切った張ったの渡世を歩いてきただけのことはあり、温和な表情の隙間から、その凄みが見え隠れする。

「飯田屋でございます。草履をお持ちしました。こげ茶の草履をご所望で……」

三津五郎は弥太郎の顔をチラリと見た。

「今日は番頭(ばんとう)さんじゃねえのかい」

ドスの利(き)いた低い声は、弥太郎の腹の底まで響いた。

「主(あるじ)の倅の弥太郎でございます。いつも御贔屓(ごひいき)にしていただきまして……」

「おめえさんかい。噂(うわさ)に聞く草履屋の放蕩(ほうとう)息子ってえのは。まあ、こっちに上がって、その草履を見せてくんな」

三津五郎は草履を手に取り、あちこちから眺(なが)め、鼻緒を引っ張ったりしていたが……。

「持って帰(けえ)ってくんな」

「お気に召しませんか」

「すまねえな。この草履は番頭さんではなく、おめえさんが見繕(みつくろ)ったのかい」

「はい。番頭は風邪(かぜ)をこじらせて休んでおりまして、私が選んでまいりました。どのあたりがお気に召しませんか」

三津五郎はその草履を弥太郎の前に放った。

「物語が聞こえてこねえ」

「物語……、と言いますと例えば、この草履は……。むかしむかし、お爺さんが山に芝刈りに行って作ったとか……」

三津五郎の目は鋭くなる。

「そりゃ、本気で言ってるのかい。それとも洒落かい」

「ちょいとした洒落だったんですが、面白くなかったみたいですね。申し訳ございません。そ、それで、物語と言いますと……」

三津五郎はもう一度、その草履を手に取った。

「職人がこさえた物は、手に取ると何かを語りかけてくるのよ。つまり、その職人が物にこめた思いや魂が手から伝わってくるってこった。この草履からは何も伝わってこねえ。物語を感じることができねえんだよ」

弥太郎は心の中で「し、渋い……」と呟いた。

「値が高えとか、流行りだとか、そんなことじゃねえ。おれは、そんな物語を感じる草履を履きてえんだよ」

弥太郎は心の中で「ふ、深い……」と呟いた。

〝身を入れて〟とまでは言えないが、以前よりは飯田屋の商いを手伝うようになった弥太郎だ。いくら〝放蕩者〟でも草履屋の倅、品物の良し悪しくらいはわかっている。

博徒の元締めだったとはいえ、三津五郎はもう年寄りだ。こげ茶色の草履を所望していると聞き、店の棚の隅で埃をかぶっていた草履を持ってきたのだ。弥太郎はそんな気持ちを、三津五郎に見透かされたように思えて俯いた。

「申し訳ございませんでした。次は必ず、お気に召していただける草履を持ってまいりますので」

三津五郎は鼻で笑った。

「おめえさんにわかるかな。本物の値打ちがよ」

弥太郎は沈黙する。

「おめえさん、ずいぶんと派手な着物を着てるねえ。そんな着物を着てりゃ、若え女が、粋だ乙だって振り向くと思っているんだろう」

図星だった。

「だが、若え女が見てるのは着物で、おめえさんじゃねえ。どんな地味な着物を着てたって、女が振り返る、それが本物の男だとは思わねえかい。まだ、その歳考えてみれば、何もかもが三津五郎の言う通りだ。三津五郎の前には湯飲み茶碗が置いてある。茶色の湯飲みで、片方の表面には起伏があり、少し歪(ゆが)んでいる。

「三津五郎さん。その湯飲み茶碗からは物語を聞くことができましたか」

三津五郎は湯飲み茶碗に目をやった。

「おめえさん、これに目をつけるとは、見た目通りの間抜けじゃねえようだな。この湯飲み茶碗を手にしたとき、これを作った職人の声が聞こえてきた。それがその職人の本当の気持ちとは限らねえ。だが、おれの耳には聞こえた。おれは、その聞こえた言葉を信じるだけだ」

「なんと聞こえたんですか」

三津五郎は黙っている。

「教えてください。なんと聞こえたんですか」

三津五郎はその湯飲み茶碗を手に取った。

「これを作った奴はな、枯れる美しさを教えたかったんでえ。四角四面(しかくしめん)じゃつまらねえ。どこから眺めても同じ形で隙(すき)のねえ茶碗に愛着は湧(わ)かねえ。色鮮(いろあざ)やかで派手な茶碗からは儚さを感じねえ。この歪みや崩れを美しいと思わせてこそ、茶碗の値打ちが出るんだとな」

弥太郎は体裁ではなく、心から頷いた。

「人も同じだってことですね」

「そうよ。四角四面の堅蔵が年老いたって、嫌われ者の爺になるだけだ。若えころに、道を外したり、人様に迷惑をかけたりしても、きっちりと筋だけは通してきた男ってえのは、年老いて、色あせて歪んでも、渋みのある男になれる。この茶碗を道端の骨董屋から買ったのは、もう、二十年も前のことだが、おれにはそう聞こえた。だから、おれもこの茶碗に話しかけるのよ。〝少しはおめえさんに近づけましたかね〟ってよ」

弥太郎は感動で震え、少し小便をちびった。

「わ、私もそんな男になれるでしょうか」

「思い違えをしちゃいけねえよ。大樹の年輪を見てみな。何にしたって長え年月がかかるってことよ。そんなもんは学ぼうとして学べるもんじゃねえ。何かを積み重ねて、気がついたら身についているもんだ。また、いい草履があったら持ってきてくんな」

弥太郎は改めて、三津五郎の容姿を見た。白髪が交じった髷や、顔の皺は、大樹となった三津五郎の年輪のように思えた。頬の傷はまるで紅を差したような色気があり、美しい。少し丸くなった背は、まさに枯れる儚さではないか。弥太郎はその姿に見とれた。

――渋い。渋すぎる。これが本物の男の姿だ。自分もこんな男になりたい。

飯田屋に戻った弥太郎だが、頭の中には、三津五郎の姿が浮かぶ。

翌日、近所の骨董屋や古道具屋を覗いてみた弥太郎は、茶碗を手に取った。

二

与兵衛は、訪ねてきた弥太郎を歓迎した。

「弥太郎さんと、あのような場所でお目にかかるとは。失礼ながら、あなたは万造や松吉に憧れている放蕩息子だと思っておりました」

弥太郎は恥ずかしそうに頭を下げる。

「今となっては、お恥ずかしい限りでございます。ですが、だれしも若いころには過ちを犯すものでございますから」

二十歳そこそこの男の台詞とは思えないが、与兵衛には通用するようだ。

「ところで、弥太郎さん。品物はお持ちになりましたかな」

弥太郎は横に置いていた風呂敷包みを膝の上に置いた。

「はい。こちらでございます」

先日、弥太郎は浅草阿部川町にある骨董屋の二階で開かれている会合に顔を出した。骨董好きが集まって品定めをしたり、自慢の一品を持ち寄ったりする集まりである。そこに顔を出していたのが与兵衛だったのだ。弥太郎が風呂敷包みの結びを解くと、桐の箱が出てくる。蓋を開き、黄色い布に包まれた茶碗を取り出して、与兵衛の前に置くと布を外した。

「備前でございます」

与兵衛は「おお」という声を洩らした。

「拝見してもよろしいかな」

与兵衛は茶碗を手に取って、あちこちから眺める。

「素晴らしい。鉄気の入った山土の味わいがよく出ておりますな」

備前焼だと思っているのは、この二人だけだ。この茶碗は骨董屋の主人が備前と偽って弥太郎に売りつけたものである。しかも、骨董屋の主人が仕入れたものではなく、道端で拾ってきたものだ。

骨董の目利きは、与兵衛も弥太郎と五十歩百歩だ。隠居の身となった与兵衛は、囲碁を趣味にしようと碁会所に通ったが、考えてばかりでなかなか打たず、勝っても負けても――勝つことはほとんどないのだが――理屈ばかりこねるので、相手をしてくれる人がいなくなった。端唄の稽古にも通ったが、才のなさを自分だけが気づかず、三味線と合わないのをお師匠さんのせいにして出入りを差し止めとなった。一人でできる道楽を模索していた与兵衛だが、骨董屋を覗いたのをきっかけに、安い茶碗や皿を買い求めるようになり、家でそれらを眺めては、ほくそ笑んでいる。

「ご隠居さん。私にはその備前から物語が聞こえてくるのです」

「ほう。物語と言いますと……」

与兵衛は茶碗を静かに置いた。

「本物は、作った職人の思いや魂を語るのです。この備前を手にしたとき、私にはその物語が聞こえたのです」

与兵衛は大きく頷いた。

「なるほど。深い話ですなあ」

「おそらく、三十年前の私には聞こえなかったはずです」

万松の二人が聞いていたら〝てめえは生まれてねえだろう〟と叩かれるところだが、与兵衛には通用する。

「その物語を聞かせてほしいものですな」

弥太郎は茶碗を手にした。

「窯変でできた、この赤みと黒さが、〝光と影〟に見えませんか。この焼き物は、人の光と影、表と裏を表しているのです」

「私には〝善と悪〟に聞こえました」

与兵衛は切り返す言葉が浮かび、すこぶる満足だ。

「ご隠居さんにはそのように聞こえましたか。奥の深い道でございますな」

「人はだれしも、ふたつの顔を持っている。心の中には〝善と悪〟が同居しているのです。その相対するふたつのものを見事に表現した名品ですな。いやはや、弥太郎さんとこのように深い話ができるとは夢にも思っておりませんでした」

与兵衛は咳払いをする。

「こんなものを手に入れたのですが、見ていただけますかな」

与兵衛が取り出したのは、細長い桐の箱だ。

「これは……」

「掛け軸です」

与兵衛は、さも大事そうに箱から掛け軸を取り出すと、壁にかけて、また元の場所に戻ってきて座った。

「昨今は、こんなものを眺めながら、盃を傾けております」

それは墨で描かれており、絵のようにも見えるが、字のようにも見える。

「枯山水という言葉をご存じですかな」

聞いたことのない言葉だったが、弥太郎はとりあえず頷いた。

「水墨画は枯山水に通じるものがあります。墨の濃淡のみによって描かれた絵は、下卑た色などは使わないだけに奥が深い。まさに枯山水の世界ですなあ。こうして眺めているだけで心が落ち着きます」

与兵衛の話の七割が意味不明だが、弥太郎は頷くしかない。弥太郎は自分の心に尋ねた。与兵衛の言葉から深みを感じないのはなぜだろう。三津五郎と何が違うのだろうか……。

与兵衛もこの掛け軸を、骨董屋の主人につかまされたことを知らない。骨董屋の主人は四歳になる孫に、筆で描かせたものを表装し、店に飾っておく。それに目をつけたのが与兵衛だった。年に一度か二度はそんな馬鹿がやってくる。

「これは宋か明の時代の物とお見受けしましたが……」

骨董屋の主人は、餌に魚がかかったと胸を躍らせる。骨董には定められた値段などはない。売ってしまえば、それで終わりだ。

「さすがに、お目が高い。手前どもでも、そうは思っておりましたが……。この手のものは、目利きでもなかなか良し悪しが難しいものでして……」

与兵衛は掛け軸に近寄り、目を凝らす。

「これは、宋の景色や寺院などを、漢字を崩して描いたものでしょうな」

主人は吹き出しそうになるが、必死に堪える。

「なるほど……。すると、これは……」

与兵衛はさらに一歩、掛け軸に近づく。

「これは〝寺〟という漢字を崩しています。遠目に見ると、谷間にひっそりと建つ古刹に見えてくるではありませんか」

主人は息を止めているので、気を失いそうだ。

「どうかしましたかな、ご主人」

「い、いいえ……」

「よほど、名のある書家なのでしょうな」

骨董屋の主人の孫がやってきた。

「お祖父ちゃん。また、描きたい。お祖父ちゃん」

孫は掛け軸の絵を指差す。主人は青くなった。

「今はお仕事だからね。おーい。忠太を連れていきなさい……。申し訳ございません。いかがですか、この掛け軸は。お安くしておきますが」

思っていたよりも安かったので、与兵衛はその掛け軸を買い求めた。

弥太郎は、しばらくその掛け軸を眺めていた。何かを言わなければならないが、何も浮かんでこない。

「どうですかな、弥太郎さん。この掛け軸は」

下手なことを言って、化けの皮が剝がれるのはまずい。自分は与兵衛の子供よりも若い。あっさりと兜を脱いでしまった方が得策だ。それは、与兵衛を立てることにもなる。

「私などはまだまだです。この掛け軸が素晴らしいものであることはわかります。ですが、私のような若輩者には物語が聞こえてきません。私のような者には語ってくれないのです。そこが、私とご隠居さんの違いなのでしょう」

与兵衛はすこぶる満足したようだ。

「弥太郎さん。あなた、おけら長屋にいたころから思うと、成長されましたなあ。おそらく、万造や松吉と縁を切ったのでしょう。あんな馬鹿どもと付き合っていると、馬鹿が身体中に染み込んで、馬鹿の佃煮になってしまいます」

与兵衛は掛け軸を眺めて、目を細めた。

弥太郎の頭には三津五郎の台詞が甦(よみがえ)る。

《そうよ。四角四面の堅蔵が年老いたって、嫌われ者の爺になるだけだ。若(わけ)えころに、道を外したり、人様に迷惑をかけたりしても、きっちりと筋だけは通してきた男ってえのは、年老いて、色あせて歪んでも、渋みのある男になれる》

三津五郎と与兵衛の間には、どのような線引きがあるのだろうか。弥太郎には、それが少しだけ見えたような気がした。

弥太郎と与兵衛が骨董にはまっているという話は、おけら長屋に広まっている。松吉の家で呑んでいるのは、万造と松吉だ。

「まったく笑わせやがるぜ」

「ああ。書画骨董なんてえのは、九分九厘偽物(くぶくりんにせもの)と相場(そうば)が決まってらあ。素人(しろうと)が手を出すと危ねえ。ま、そうなった方が笑えるがよ」

万造はあたりを見回す。

「どうしたんでえ、万ちゃん」

「ちょいと、隠居をからかってやろうと思ってよ。何か持っていってよ、〝ご隠居さん、この茶碗はいかがでございましょうか〟なんぞと尋ねたら、なんて答えるか楽しみじゃねえか。あの、見栄っ張りだ。わからねえとは言わねえだろうからよ」

「そいつぁ、面白えや。だけどよ、この家にそんなものはねえだろ」

万造は手にしていた茶碗を見つめる。

「これなんか、どうでえ」

「馬鹿野郎。中に長寿庵って書いてあらあ。蕎麦屋からくすねてきたって、すぐにわからあ」

松吉の愛猫、ミーちゃんが、松吉の膝に顔を擦りつけた。

「なんでえ。腹が減ったのか。ちょいと待ってくんな。今、鰹節を盛ってやるから……。そ、そうでえ。ミーちゃんの皿なんかどうでえ。店からくすねてきたもんだけどよ」

「縁が欠けてるじゃねえか」

「いや、その方が面白え。時代がついてそうでよ。さっそく、行ってみようじゃねえか」

鰹節をくれるものと思っていたミーちゃんは、悲しそうに「ニャ〜」と鳴いた。

万造と松吉の顔を見た与兵衛は、訝しげな表情をする。

「ご隠居さん。ちょいと教えていただきたいことがありやして……」

「読売の字が読めないというのなら、大家さんのところに行きなさい。これから、客があるんでな」

「客？　そんな物好きがいるわけねえ……。い、いや、お手間はとらせませんので。

与兵衛は慌てる。それでは失礼させていただきますよ」

は、与兵衛の作である。だが、万松はおかまいなしだ。本所界隈で知らぬ者はいない「万松は禍の元」という格言

「だれが、上がってよいと言った」

「松ちゃんがね、骨董好きの客から、皿を手に入れやしてね。ちょいと、ご隠居さんに見てもらいてえなんて言うもんで」

与兵衛の眉が動いた。

「な、なに。骨董の皿だと。素人がそんなものに手を出すと、ロクなことにはな

らんぞ」

松吉は懐から手拭いに包まれた皿を取り出して、与兵衛の前で広げた。

「これなんですけどね。なんでも、高麗の由緒ある皿だってんですが……」

与兵衛は、その皿を手に取った。

「なるほど……」

与兵衛は困る。皿の、いや、皿だけではない。骨董の値打ちなどまったくわからないからだ。下手なことを言えば、後で笑い者にされることは間違いない。

「その骨董好きの方は、高麗から渡ってきた皿と言ったのか」

「まあ、そんなことを……」

与兵衛は、どうにでもとれることを言おうとしたが、よい言葉が出てこない。

そこに助け舟がやってきた。

「ごめんください。竹林堂でございます」

与兵衛は胸を撫で下ろした。骨董屋が訪ねてくることになっていたのだ。

骨董屋にとって、与兵衛はカモだ。儲けは少ないが、値打ちのないガラクタを小銭で買ってくれるからだ。

もちろん、与兵衛はそんなことに気づいてはいない。

「おお、竹林堂の金治郎さんですか。どうぞ上がってください」

金治郎は万松の二人を気にしているようだ。

「お客様でしたら、また出直してまいりますが」

「この者たちは客ではありませんから。そうそう、ちょうどいいところに来てくださった。この者たちが、この皿を持ってまいりましてな。私に見てほしいなどと申しまして」

「それはそれは。ご隠居さんは、お目が高いですからなあ」

「そんなことはないですが。これなんですが、いかがですかな」

与兵衛は金治郎に皿を手渡した。成り行きで皿に目を落とした金治郎だが、その目つきが変わる。巾着袋から眼鏡を取り出して、皿をあらゆる方向から検める。

「どうかしましたかな」

金治郎は何も答えない。万造と松吉はきょとんとして、その作業を見つめていた。

「この皿は、どこで手に入れたのでしょうか」

松吉はしどろもどろで答える。

「あ、ある、骨董好きの猫……、いや、その、骨董好きの人が、その皿で鰹節を食べてまして、美味そうだったから譲ってもらいやして」

「いかほどで……」

「えっ。に、二朱で……」

金治郎はまだ、皿を眺めている。

「惜しい。じつに惜しい。これは、梅右衛門の小皿です。おそらく五枚組だったと思われます。五枚が揃っていれば、百両はする代物です」

「百両だと〜」

万造、松吉は同時に大声を上げた。

「でも一枚ではねえ。それに縁が欠けているのが残念です」

松吉は、金治郎ににじり寄る。

「あ、あんた、骨董屋なんだろ。この皿を買っちゃくれねえか。二朱より高ければ、五十文でも、十文でもいいからよ」

万造は松吉の頭を叩く。

「馬鹿野郎。安くなってるじゃねえか」

金治郎は皿を前に置いた。

「一両でしたら、お引き取りさせていただきます」

「い、一両だと～」

「ご不満でしたら、よその骨董屋にお持ちください」

松吉は手もみをする。

「ご不満だなんて、そんな……。よろしかったら、おまけで、この汚え爺もおつけしますけど」

「馬鹿野郎。こんな爺をもらったって、すぐに弔い代がかかるだけでえ」

金治郎は紙入れから一両を取り出すと、松吉の前に置いた。松吉はその一両に飛びつくと、齧って本物か確かめる。

「今さら、やめたなんて言わせねえからな。この一両は返さねえからな」

金治郎はその皿を布で包むと、懐にしまった。

「ご心配なく。それはこちらの台詞ですから。この皿を取り返そうたって、そうはいきませんからね。しかし、ご隠居。掘り出し物というのは、どこに転がっているかわかりませんなあ」

与兵衛も思わぬ出来事に驚いたようだ。

「じつは、私もその皿を見たときは驚きました。梅右衛門ではないかと思いましたが、まさか、このような連中が梅右衛門を持っているはずがありませんので。いやはや、驚きました」

長居は無用だと判断した万松の二人は立ち上がる。

「私は浅草阿部川町にある骨董を扱う竹林堂の金治郎と申します。また掘り出し物がありましたら、拝見させていただきますので、どうか御贔屓に」

金治郎は深々と頭を下げた。

万造と松吉が骨董に心を奪われたのは言うまでもない。

「お栄ちゃん。酒と肴（さかな）を遠慮しねえで持ってきてくんな」

酒場三祐のお栄は怪訝（けげん）な表情（かお）をする。

「遠慮しねえでって、遠慮してほしいのはそっちだよ。ツケだって溜（た）まってるんだからね」

松吉はポンと一両を置いた。

「ど、どこから盗んできたのよ。こんな大金……」

お栄は涙ぐむ。

「ね、あたしも一緒に行って謝ってあげるから。ほんの出来心だって言えば、百叩きくらいで許してくれるかもしれないよ。さあ、支度をして」

松吉は感心する。

「そんな芝居、どこで覚えてきたんでえ。心配するねえ。ミーちゃんの皿が梅右衛門とかいう名品でよ、一両で売れたんでえ」

松吉はことの経緯をお栄に話した。

お栄は頭を抱える。

「馬鹿ねえ。それで一両で売っちゃったわけ。ああ、あたしがついていれば……」

「そ、そりゃ、どういうことでえ」

「あんたたちは、足下を見られたのよ。あっちだって商いなのよ。安く仕入れて、高く売るに決まってるじゃないの。きっと、その皿は五両、十両で売れる代物だったのよ」

「そ、そうなのかよ」

「当たり前じゃないの。三両までは引っ張れたのに～」

万造は両手で頭を覆(おお)う。

「確かに、お栄ちゃんの言う通りでえ。こりゃ、しくじったぜ。そういや、骨董屋の野郎が、皿を取り返そうたってそうはいかねえ、とかほざいてたぜ。畜生～」

松吉は笑った。

「済んじまったことは仕方がねえ。勉強になったじゃねえか。それよりも、これからのことを考(かんげ)えようじゃねえか」

「なんでえ、これからのことってよ」

「あの骨董屋も言ってたじゃねえか。掘り出し物があったら、また拝見させてくださいってよ。この店の汚(きたね)え徳利(とくり)とか、猪口を持っていきゃ、一両二両に化けるかもしれねえぞ」

お栄は呆(あき)れ返る。

「そんなことが何度も起きるはずがないでしょ」

「持っていくだけならタダじゃねえか。やってみなきゃわからねえ」

万造は、松吉とお栄の話に割り込む。

「お栄ちゃん。とにかく、酒を持ってきてくれや。ところで、松ちゃん。お栄ちゃんの言う通りで、柳の下に泥鰌は二匹いねえ。だったらよ、掘り出し物を持っていそうな野郎から、値の張りそうな書画骨董を預かってよ、それを骨董屋に持ち込む。もし高く売れたら、三割を手間賃としていただく、ってえのはどうでえ。こっちの懐は痛まねえし、まかり間違って売れりゃ、大儲けだぜ」

「そいつぁ、いいや。得意先を回るついでに、骨董屋に寄ってみりゃいいんだろ」

「ああ。だがよ、ガラクタなら仕方ねえが、ちょいと値がついたら、すぐに売らずに、他の骨董屋にも持ち込んでみることだ。同じしくじりを繰り返しちゃならねえ」

万造と松吉は、届いたばかりの酒で前祝の盃を上げた。

三

万造が訪れたのは、回向院の近くにある佐嶋屋という骨董屋だ。

佐嶋屋の主は以前、お里から二両は下らない根付を二分で買い上げたことがある。お里は主の口八丁に乗せられたのだ。この店の主は女房の尻に敷かれている。万松の二人は〝脇に女がいることを女房にばらす〟と主を脅し、根付を二分で買い戻した。主は、万造の顔を見るなり、声を落とす。

「また、私を強請ろうってんじゃないでしょうね」

「強請る……。なんでえ、そりゃ。あ、ああ。おめえさんが、脇で女をこさえたって話か」

主は慌てふためく。

「こ、声が大きいですよ」

「確か、花月の仲居だったよなあ。名はお杵とかいったっけ。まだ続いてんのかい」

「だ、だから、声が大きいって言ってるでしょう。これで帰ってください」

主は懐から一朱金を取り出して、万造の前に置いた。

「そんなこたあ、とっくの昔に忘れてたんだけどよ。まあ、くれるってもんは、もらっといてやらあ。今日は、ちょいと皿を見てもらいてえんで」

万造は一朱金を懐にしまい、代わりに皿を取り出した。

「これに、値をつけてもらいてえのよ」

主はその皿を見たと思ったら、すぐに押し返した。

「冗談じゃありません。こんな皿は一文にもなりませんよ」

「おめえの目は節穴か。さっき入った骨董屋じゃ、一両って話だったぜ」

「嘘をつくのも大概にしてください」

「嘘じゃねえよ。花月のお杵さーん」

「しっ、しっ。大きな声を出すなって言ってるでしょう」

万造はその小皿を懐にしまう。

「やっぱりなあ。このコブを見やがれ。さっき、別の骨董屋に、これを買ってくれと言ったら、いきなり殴られた」

「当たり前です。こんな皿は場末の酒場だって使いませんよ。さあ、用が済んだら、帰ってください」

「それじゃ、これはどうでえ。この徳利だ。なかなかのもんだろう」

万造は三祐からくすねてきた徳利を出すが、相手にされない。万造が立ちかけると、一人の男が入ってきた。

――この男は。

万造は心の中で呟いた。

その男は主の前で大きな風呂敷包みの結び目を解いた。

「これを見ていただき、値をつけてほしいのですが」

主は何点かの皿や茶碗を手に取った。

「いずれもなかなかのものですなあ」

「ぜひ、引き取っていただきたいのです」

主は唸る。

「そう言われましてもなあ。こちらもまとまった金子を用意しなければなりません。お預かりして、売れたらその代金をお渡しすることならできますが」

男は泣きそうな表情になる。

「私も、まとまった金子が要るのです。この他にも、大皿や掛け軸もあるのです。まとめて引き取ってもらうことはできませんか。お願いいたします」

「よしな、よしな」

口を挟んだのは万造だ。

「ここの主は大狸だ。買い叩かれるのがオチだぜ。まあ、大狸なのはここの主だけじゃねえ。骨董屋なんてえのは、そんなもんだがよ。荷をまとめて表に出な。いいから、出なってんだよ」

佐嶋屋の主も黙ってはいない。

「横から口を挟むのはやめてください。商いの邪魔です」

「邪魔だってよ〜。お杵さーん」

万造は男を外に連れ出すと、近くの蕎麦屋に引き込んだ。

「あ、あなたはだれなんです」

「だれだっていいじゃねえか。おいおい話してやらあ。おめえさん。さっきも、八名川町（やながわちょう）の骨董屋にいやがったな。何日か前（めえ）は馬喰町（ばくろちょう）の骨董屋でも見かけた」

万造は脇に置かれた風呂敷包みを指差した。

「是が非（ぜひ）でも、それを売りてえようだな」

男は黙っている。

「おれは、亀沢町（かめざわちょう）のおけら長屋に住む、万造ってもんでえ。骨董なんてものはよ、売りてえって気持ちが出ちまうと、足下を見られるぜ。おれも、それで失敗（しっぺえ）した口だからよ。わははは」

万造は酒を手酌（てじゃく）で呑む。

「おめえさんはお店者かい」

男は黙っている。

「おれは、おめえさんのこたあ知らねえ。おめえさんも、おれのこたあ知らねえ。知らねえ者同士が話すんだから気楽じゃねえか。関わりがねえんだからよ。なあ、なんか喋ってみなよ。おれは、おめえさんのことが気になって仕方がねえ。こいつはおれのお節介ってえ病でな。おめえさんが何も喋らねえってんなら、家までついていくからな。覚悟しやがれ」

男は一度、万造の顔を見た。

「私は神田佐久間町で生糸を商っている大和屋の定五郎と申します」

「ほう。大和屋の定五郎ってことは、手代でも番頭でもねえのか。その若さで主ってことかい」

「はい」

定五郎は蚊の鳴くような声で返事をした。

「なるほどなあ。それで、商えが行き詰まって、死んだ親父さんが残した骨董を売り払おうって魂胆かい」

「その通りでございます」

万造は呑みかけていた酒を噴き出した。

「あ、当たりかよ。わかりやすい野郎だなあ。訳を話してみな。追い込まれてる野郎が、一人で考えてたってロクな策は出てこねえぜ。いいから、話してみなよ」

定五郎は小さく頷いた。

「大和屋は四代続く生糸問屋で、それなりの商いをいたしておりました。私は……、跡取り息子とは名ばかりで、商いは番頭に任せっきりで……」

「おめえさん。歳はいくつでえ」

「二十一になったばかりです」

「それじゃ、仕方ねえな。どこの跡取り息子だってそんなもんだろうよ」

「もちろん、商いも覚えるつもりでおりました。ですが、おとっつぁんが半年前に流行り病で急に亡くなりまして。まだ四十の半ばだというのに……。弔いを済ませて、しばらくしてからのことです。番頭が暇をいただきたいと言い出しまして、手代を三人連れて辞めてしまったのです」

万造は溜息をついた。

「それで、得意先もとられちまったってんだろう。商え(あきね)を取り仕切っていたのは番頭だからな」

定五郎は肩を落とした。

「商家では、よくある話でえ。暖簾分けのときにもらえるはずだった、なんぞとほざかれて、金まで持っていかれちまったんだろう。世知辛え(せちがれ)世の中になったもんだぜ。主に対する恩も義理もねえってやつだ。だがよ、番頭を恨(うら)んじゃいけねえよ。それが世の中ってもんでえ。番頭を憎むくれえなら、てめえの甘さを憎むんだな。そうじゃねえと、商人として大きくなれねえ」

定五郎は万造の顔をまじまじと見た。

「あなたは、商いの神様なのでしょうか。おっしゃられていることが、いちいち理にかなっております」

万造は大笑いをした。

「おれは、その日暮らしの奉公人(ほうこうにん)でえ。守るものもなけりゃ、奪うものもねえ気楽な身の上よ。だからこそ見えることもあるんでえ。それで、骨董のことだが……」

定五郎は風呂敷包みに目をやった。

「働き盛りの手代は、番頭に持っていかれてしまいましたが、大和屋には若い手代や丁稚が残っています。それに、私にはおっかさんと妹もいて、なんとしても暮らしを立てなくてはなりません。私も商いを覚え、精進するつもりですが、奉公人たちには飯を食べさせなければなりませんし、給金も払わなければなりません。商いをするには仕入れの金子も要ります。私の祖父が骨董好きで、かなりの品を集めていたようで、なかには高価なものもあるとか。祖父には申し訳ありませんが、それを売って、当座を凌ぐしかありません」

万造は猪口を置いた。

「そういうことだったのかい……」

万造はしばらく考え込んでいたが――。

「おめえさんの店は、神田佐久間町といったな。ちょいと付き合ってもらうぜ。なーに、おめえさんの店に帰る途中で済んじまう用事でえ。それじゃ、行くぜ」

万造は銭を置いて颯爽と立ち上がる。二人が外に出てしばらくすると、蕎麦屋の主が追いかけてきた。

「お客さん。これじゃ足りませんぜ」

万造は小石につまずいてひっくり返ったが、立ち上がると定五郎に――。

「悪いが、ちょいと銭を貸してもらいてえ」

今度は定五郎がひっくり返った。


万造が久右衛門町にある飯田屋を覗くと、珍しく弥太郎は帳場に座っていた。

「弥太郎、ちょいと面(つら)を貸してくんな。目利きのおめえに頼みてえことがあるんでえ」

万造の顔を見て、迷惑そうな表情(かお)をした弥太郎だが〝目利き〟などと言われ、悪い気はしない。

「お連れさんもいるんですか。なら、こっちに上がってください。留守番なんでね、だれもいませんから気遣いは無用です」

万造と定五郎は、店の奥にある小上がりに座った。

「こちらは、佐久間町の生糸問屋、大和屋の旦那だ。ちょいと、この人の話を聞いてくれや。佐久間町といやあ、ご近所さんじゃねえか。しかも、おめえと同じ商家の跡取り息子で、歳も近え。間抜けなところまでそっくりでえ。じつはな……」

万造は定五郎のことを話した。

「どうでえ。他人事とは思えねえだろう。まるで、おめえの一年後を見てるみてえな話じゃねえか」

万造にそう言われると、そんな気もしてくる弥太郎だ。

「それで、私にどうしろと言うんですか」

「定五郎さんは、祖父さんが残してくれた品物を持って、あちこちの骨董屋を回っているんだが、そんなチマチマしたことをやったって、手間がかかるだけでえ。祖父さんが残した書画骨董はかなりあるらしい。おめえは相模屋の隠居とも骨董が縁で出会ったそうじゃねえか。この人の祖父さんが残した骨董をまとめて買ってくれるようなお大尽を知らねえか。そうすりゃ、すぐに片が付いちまわあ」

しばらく考え込んでいた弥太郎だが――。

「だったら、こうしましょう。私と与兵衛さんが出会った竹林堂の二階を借りて、骨董好きを集めるんですよ」

「おお。あの骨董屋か。おめえくれえの目利きになりゃ、あの店に顔が利くんだろうな」

「もちろんです。そこで気に入った物を買ってもらえれば……」

「話が早えってことか。竹林堂には、売り上げの一割も払えば御の字だろうよ」

弥太郎は感心したようだ。

「なるほど。さすが、万造兄い……、い、いや、万造さんだ。そうすれば、定五郎さんの役に立つこともできますね」

「そういうことよ。弥太郎。おめえ、相模屋の隠居の他にも顔見知りになった骨董好きがいるんじゃねえのか」

「まあ、何人かは……」

「よし。その伝で骨董好きを集めるんでえ」

「わかりました。竹林堂の金治郎さんには、私から話をして馴染みの客を集めてもらいましょう」

万造は定五郎に顔を向ける。

「――というわけだ、定五郎さんよ。あとは、おめえさんの返事を聞くだけでえ」

定五郎は目を輝かせる。

「私にとっては願ってもない話でございます。よろしくお願いいたします」

定五郎は深々と頭を下げた。


その夜、万造と松吉は裏の金閣長屋に住む、物好きな戯作者、井川香月を訪ねた。井川香月は、万造と松吉の顔を見ただけで嬉しくなってしまう。

「だいたいの話はわかった。それで、私にどうしろというのだ」

万造は持参してきた五合徳利の栓を抜いた。

「サクラを何人か用意してもらいてえ。大店の旦那、茶人、俳人、そんなところを四、五人ってとこだ」

「役者を使えば、そんなことは容易いが。何をさせるつもりだ」

万造は井川香月の茶碗に酒を注ぐ。

「まあ、呑んでくれや。定五郎は、なんとしても百五十両の金子を作りてえそうだ。もし、すべての骨董を売っぱらった額が百五十両を超えたら、超えた分の一割をおれたちに払うと言ってきやがった」

松吉が続ける。

「つまり、二百両になったら、五十両の一割だから、五両がおれたちの懐に入るって寸法よ。だから、なんとしても値を吊り上げなきゃならねえ」

井川香月は不気味な声で笑う。

「ふふふふ……。なんとなく、話が見えてきたぞ」

万造は、井川香月の空になった茶碗に酒を注ぐ。

「その会は競売になるそうでえ。人は争うと向きになっちまう。例えば、だれかが皿に一両の値をつけたら、サクラが〝一両一朱〟と言う。すると相手が〝一両二朱〟。そしたらこっちが〝えーい、二両だ〟。今度はあっちが〝三両だ〟ってなことにならあ。頃合いを計って下りちまえば、売り上げは、鰻上りってわけよ。もちろん、香月先生や役者のみなさんにも分け前は払いますぜ」

井川香月は、喉を鳴らしながら酒を呑んだ。

「お前さんたちと付き合ってると、面白いことが次々に起こるから堪えられんわ。ところで……」

井川香月は声を落とした。

「この話は、お前さんたちで止まっているんだろうな。徳兵衛さんや、島田さんに知れて、ワシまで小言を食らったら、かなわん」

「その点は承知の助でえ。抜かりはねえ」

五合の酒は、あっという間になくなった。

四

浅草阿部川町にある骨董屋、竹林堂の二階には三十人を超える骨董好きが集まった。その中には、井川香月と香月が紛れ込ませたサクラも四人いる。座敷の隅で何やら話し合っているのは、弥太郎と与兵衛だ。万造と松吉はそれを横目で眺める。

「なんでえ、隠居も来ていやがるのか」

「冷やかしじゃねえのか。好き勝手に使える金が、そうあるとは思えねえ」

刻限となり、現れたのは店主の金治郎だ。

「本日はようこそおいでくださいました。竹林堂の主、金治郎でございます。

競売の前に、まずは品物をじっくり見ていただきたいと思います。いずれも、名品でございますよ。お手に取ってご覧になりたいときは、店の者に声をかけてくださいまし。それでは……」

店の者が襖を開くと、次の間の棚には茶碗や皿が並べられ、壁には掛け軸が掛かっている。一同からは歓声が上がった。

「さあ、みなさん。こちらにどうぞ」

一同はその座敷に入り、骨董を肴に話し出す。すでに駆け引きは始まっているのだ。

「これは、九谷ですかな。色鮮やかでございますなあ。さすがに加賀百万石です」

「ずいぶん古様ですな。なかなかの品です」

茶碗を手に取ってあちこちから品定めをする者。腕を組んで掛け軸を見つめ、独り言を呟く者。隣の男に意見を求める者……、様々だ。定五郎はそんな連中の様子を不安げに眺めている。

「さあ、それでは、こちらにお集まりください」

一同は畳に座った。

「まずは、この有田焼の大皿からまいりましょう。白と藍色の質素な色使いですが、そのぶん気品が感じとれます。それでは、一両からまいりましょう。一両です」

四人が手を上げた。

「では、一両を超える方」

「一両二朱」

井川香月が、俳人のような出で立ちでやってきたサクラに目配せをする。

「一両一分」

「一両二分だ」

俳人は値を吊り上げる。そのとき、恰幅のよい商人風の男が手を上げた。

「二両」

会場は静かになる。

「それでは、二両で蒲田屋さんに決まりました」

竹林堂の者が帳面に品物、金額、名前を書き込む。サクラがいなければ、一両で落札されたかもしれないのだから上々の滑り出しだ。

「次は、武雄の茶壺でございます。これは人気でしょう。まずは二両から」

「二両一朱」

「二両二分」

「三両だ」

有田焼を競り落とした蒲田屋が大きな声を出した。

「三両二分」

茶人に扮したサクラが応戦する。蒲田屋も引かない。

「四両」

会場は静かになる。

「武雄の茶壺は四両で蒲田屋さんに決まりました」

蒲田屋と呼ばれている男は自慢げに笑った。万造は松吉の脇腹を肘で突く。

「蒲田屋といやぁ、あこぎな商えで名高え、岩本町の蒲田屋だろ。奉公人は泣かす、仕入れ値は叩く、取り立てには与太者を使う……。畜生。これ見よがしに笑いやがって、気に入らねえ野郎だぜ。鼻っ柱をへし折ってやりてえな」

「馬鹿を言うんじゃねえ。こっちには払う金がねえんだ。競売で落としちまったら大変なことにならあ。高え金を払ってくれてるんだから、蒲田屋様様じゃねえか」

「そりゃ、そうだけどよ」

一両より安い骨董も競売にかけられる。弥太郎と与兵衛はそんなときだけ競売に加わるが、品物を落とすことはできない。

「ははは。弥太郎と隠居は何も落とすことはできねえな。他の連中は気合の入れ方が違うからよ」

金治郎は大きな皿を持ち上げた。

「さあ、次は九谷焼の大皿ですよ。これにお目をつけていた方も多いのではないでしょうか。それでは、まいります。まずは十両から」

「十両」

「十二両」

「十五両」

蒲田屋が手を上げた。

「二十両」

いきなり値が上がったので、その前に値をつけていた者たちは絶句する。蒲田屋は、どうだとばかりに胸を張って笑った。

「二十五両」

声を出したのは、大店の主に扮したサクラである。これには、蒲田屋も驚いたようだ。

「さ、三十両」

「三十五両だ」

万造の表情（かお）は引きつる。

「あの馬鹿野郎。骨董なんぞには興味もねえくせに熱くなりやがって。蒲田屋が下りちまったらどうする気でえ」

蒲田屋の手は震えている。

「三十五両でよろしいですか」

万造と松吉と井川香月は青くなる。

「ちょっと待て」

蒲田屋が震える手を上げた。

「よ、よ、四十両だ」

三人は胸を撫で下ろしたが、サクラの男は間髪（かんはつ）を容（い）れずに――。

「五十両だ」

座敷は静まり返った。

「よ、よろしいですね。失礼ですが、お名前は」

「た、た、た、辰巳屋(たつみや)と申します」

「それでは、九谷の皿は五十両で辰巳屋さんに決まりました」

松吉はサクラの男を座敷の隅に引っ張ってくる。

「ば、馬鹿野郎。おめえが競り落としてどうするんでえ」

「ど、どうしても、あの野郎の鼻を明かしてやりたくなってよ」

「気持ちはわかるが、少しは後先のことを考えろ。五十両の金を払わなきゃならねえんだぞ」

「心配(しんぺえ)ねえでしょう。払おうたって、持ってねえんだから」

「違(ちげ)えねえや。って、感心してる場合じゃねえ」

襖が勢いよく開いて、四人の男が入ってきた。

「そこまでだ」

金治郎は、その男たちの姿を見て「盗賊(とうぞく)だ」と大声を上げた。ここには、まとまった金を持っている者たちが集まっている。どこかで競売会の噂を聞きつけて金を奪いに来たのだろう。一同の身体は固まった。

「慌てるねえ」

弥太郎は、その男を見ると小さな声で呟いた。

「三津五郎さん……」

三津五郎は、座敷の中をゆっくりと見渡した。

「まだ、金のやり取りは済んでいねえようだな。すまねえが、この競売会は終わりだ。ここにある品物は、百五十両でこの三津五郎がすべて買い取る」

金治郎は立ち上がった。

「い、いきなりやってきて、勝手なことを言わないでください」

三津五郎は平然としている。

「おめえさんが、この骨董屋の主かい。所場代として、おめえさんに十両くれてやりゃ、文句はあるめえ」

「あんたは一体、だれなんだ」

三津五郎の少し後ろに立っていた男が前に出た。

「こちらは、神田一帯を縄張りにしている博徒、明神一家の元・元締め、三津五郎様でえ」

神田川の筋違御門から浅草御門にかけて、明神一家と言えば泣く子も黙る博打打ちだ。奉行所もいち目置いていて、容易く手出しはできない。町人たちの間でも、三津五郎の名は知れ渡っている。だが、何品かを落札している蒲田屋は収まりがつかない。

「冗談じゃありません。有田焼の大皿も、武雄の茶壺も、すでに私のものになっているんです。それじゃ、横取りじゃありませんか。しかも、百五十両ぽっちの金で……」

三津五郎は蒲田屋を哀れんだ目で見た。

「おめえさん。本当にここにある皿がほしいのかい。そうじゃねえ。おめえさんがほしいのは、おめえさんの心を惹きつける皿じゃねえ。十両で手に入れた皿じゃねえのか、十両でよ。だったら、そんなおめえさんの家の床の間にゃ、皿や茶壺は似合わねえ。小判を十枚飾っておきな」

蒲田屋には返す言葉がなかった。心の底を見透かされたような気がしたからだ。それは、そこにいたすべての人たちにとっても同じことだった。

三津五郎は弥太郎の姿に気づいた。

「なんでえ。草履屋の倅じゃねえか。こんなところにまで顔を出していやがったのかい。ご苦労なこったな」

三津五郎は金治郎の横に座っていた定五郎に――。

「おめえさんが売り主かい。そうかい……。さあ、すまねえが、みんな帰ってくんな。用があるのは、この売り主と、ここの骨董屋の主だけでえ」

手下の若い衆が、一同を急かせるように立たせると、座敷から追い出しにかかった。

「ど、どういうことですか、これは」

「まったく、何のためにここまで来たのか……」

それぞれが愚痴をこぼしながら、座敷を後にしていく。喜んでいるのは万松の二人と井川香月、そしてサクラの面々だ。ちなみに、相模屋の隠居、与兵衛はとっくに逃げてしまっている。

「助かった。危うく五十両を取られるところだったぜ。なあ、松ちゃん」

「馬鹿野郎。五十両を持ってるみてえな言い方をするねえ」

三津五郎は万松たちに向かって――。

「さあ、おめえさんたちも、お引き取り願いますよ」

万松たちも逃げるようにして座敷を後にした。

その一刻（二時間）後――。酒場三祐で呑んでいるのは、万造、松吉、弥太郎の三人だ。

「弥太郎よ。おめえ、あの元・元締めのことを知ってるみてえだな」

「三津五郎さんのことですか。あの人は飯田屋の馴染みでしてね」

松吉は頭を抱える。

「とんだ邪魔が入ったもんだぜ。うまくすりゃ、三両や五両は懐に入ったはずなのによ」

万造も残念しきりだ。

「だがよ、神田明神一家の三津五郎と名乗られりゃ、手も足も出ねえや。逆らえば簀巻きにされて大川（隅田川）にドボンってこってえ」

「しかしよ、頭にくるじゃねえか。こっちが逆らえねえのを知って、聞いたふうなことを抜かしやがって」

　万造は三津五郎の真似をしながら——。

「〝そんなおめえさんの家の床の間にゃ、皿や茶壺は似合わねえ。小判を十枚飾(めえ)っておきな……〟って、ふざけるんじゃねえ。横からかっさらっていったくせによ」

「あの野郎、百五十両で買い叩いて、儲けようって魂胆だぜ。あのままいきゃあ、二百両にはなってたはずだ。やり方が汚(きたね)えや」

「ああ。博徒っていやあ聞こえはいいが、しょせんは与太者(もん)の集まりじゃねえか。弥太郎、どうしたんでえ」

　弥太郎は何かを考えこんでいるようだった。

「三津五郎さんは、そんな人じゃないと思うんですよ」

　万造は酒をあおった。

「てめえ。店の客だから、肩を持とうってえのか。大和屋の定五郎がかわいそうだとは思わねえのかよ。せっかく、店を立て直そうとしてたんだぜ」

弥太郎は俯いた。

「でも、私には、どうしてもそうは思えないんで……」

弥太郎は三津五郎から聞かされた言葉のひとつひとつを思い出した。

《おめえさんにわかるかな。本物の値打ちがよ》

《それが本物の男だとは思わねえかい》

三津五郎の顔の皺や、少し曲がった背骨は、そんな男の年輪だったはずだ。弥太郎には本当にそう見えたのだ。

「三津五郎さんは本物の男です。私はそう信じます」

松吉は苦笑(にがわら)いを浮かべる。

「あの男に何を言われたか知らねえが、世間(せけん)知らずの跡取り息子には困ったもんだぜ」

万造は、弥太郎の猪口に酒を注いだ。

「おめえには、〝骨董〟も〝人〟も、まるで見る目がねえってことなんでえ。だから、もう骨董なんぞに手を出すんじゃねえ。人の話も真に受けるな。わかったな」

弥太郎は顔を上げた。

「私は、やっぱり自分の目を信じます。三津五郎さんは本物の男です。私の目に狂(くる)いはありません」

万造と松吉は顔を見合わせて溜息をついた。

「幸せな野郎だぜ」

「まあ、おれたちにゃ関わりのねえことだから勝手にしな」

そのとき、恐る恐る暖簾を上げて入ってきたのは定五郎だ。

「なんでえ。定五郎さんじゃねえか」

定五郎は近くまで来ると、頭を下げた。

「万造さんたちには、いろいろとお世話になりましたのに、あんなことになってしまい申し訳ありませんでした。おけら長屋にお伺いしましたら、こちらにいるとお聞きしたもので……」

万造は手招きする。

「まあ、こっちに上がって座んな」

定五郎は座敷に上がって腰を下ろした。お栄が投げた猪口を松吉が受け取って、そこに万造が酒を注ぐ。定五郎はその目にも止まらぬ早技に目を見張った。

「おめえさんもとんだ災難だったなあ。まあ、呑んでくれや」

万造は猪口に酒を注いだが、定五郎は口をつけない。

「どうしたんでえ。三津五郎とかいう元・元締めに金を踏み倒されたのか。あいつらのやりそうなことだぜ」

「そうじゃないんです。みなさんがお帰りになった後……」

定五郎はゆっくりと話し出した。

三津五郎は定五郎の前で胡坐（あぐら）をかいた。

「おめえさんは、大和屋福左衛門（ふくざえもん）の孫だな」

福左衛門は定五郎の祖父で大和屋の先々代の主だ。定五郎は小さな声で「はい」と返事をした。

「もう五十年近くも昔の話だ。博徒の身内になって粋（いき）がっていた若造がいたと思いねえ。博打で負けが込んで、方々に借金をこさえて、とうとう親分の金に手をつけちまった。見つかりゃ、指を詰めるどころの話じゃねえ。なぶり殺しだ。そうでもしなきゃ示しがつかねえのが、この稼業だからな。殺されるんだったら何でもやるしかねえ。商家に盗みに入ることにしたってわけよ。勢いをつけようってんで酒をしこたま呑んだのがいけなかった。ドジをふんで、店の者たちに取り押さえられちまった。どっちみち、殺されるか、佐渡に送られて野垂れ死にするかだ。変に度胸が据わっちまってよ。奥から出てきた店の主に〝今生の別れに酒を一杯呑ませてくれねえか〟と頼んだんだ。酔狂な旦那でよ。〝それじゃ、私もお付き合いしましょう〟ときやがった。肴も用意してくれて酒盛りよ」

三津五郎は懐かしそうに片頰を上げた。

「お前さんは、どうして盗みに入ったんですか」

若造は経緯を話した。

「明神一家というと博打打ちの……」

「へい」

「この節の博打打ちには信義というものがありませんな。堅気の商家を脅したり、金を盗むなどは外道のすることです。堅気のみなさんのおかげで稼業が成り立っているという気持ちを忘れているからです。弱きを助け、強きをくじくのが男伊達というものです。私の言っていることがわかりますか」

若造の胸には主の言葉が響いた。

「いくらあれば殺されずに済みますか」

「な、七両……」

主は分厚い財布から小判を十枚取り出すと、若造の前に置いた。

「こ、これは……」

「これを持っていきなさい。よいですか。本物の男になる修行をしてください。本物の博徒になってください。頼みましたよ」

主は静かに立ち去った。

定五郎の前に座った三津五郎は、曲がった背筋を伸ばすようにした。

「大和屋のことは聞いた。おめえも商人の倅なら、この百五十両で大和屋を立て直してみねえ。容易いはずだ。本物の商人になろうとすりゃいいだけのことよ。

商いを立て直して百五十両の金ができたら、この品物を取り返しに来な。おめえの祖父さんが残した大切なもんだろう。それまで、この三津五郎が預かっといてやる。だが、おれも、もう歳だ。いつまでも待つってわけにはいかねえぜ。まあ、せいぜい頑張ってお稼ぎなせえよ」

三津五郎は懐から六つの切餅を取りだすと、定五郎の前に置いた。

定五郎は涙を流した。

「三津五郎さんは、福左衛門が残した骨董を買い叩いたんじゃないんです。私が早く買い戻せるように気遣ってくれたんです。そして福左衛門から受けた恩を返そうとしたんです。私は頑張ります。必ず商いを立て直して、福左衛門の、いや、祖父さんの宝を大和屋に戻してみせます」

弥太郎に一本取られる形になった万造と松吉は、弥太郎に自慢される前に先手を打つ。

「弥太郎。三津五郎さんは、おめえの言う通りの人だったなあ。大したもんだ、おめえの人を見る目はよ。おれたちの負けだ」

「ああ。おめえは大人になったなあ。火消の政五郎さんに憧れて弟分にしてくれだの、仁九郎親分の子分になりてえなんぞとほざいていたころの浮っついた様子がねえ。ひと昔前とは顔つきが違うぜ」

弥太郎は決して調子に乗らない。競売会での三津五郎は、恩着せがましいことはひと言も言わず、悪役を貫いた。あれこそが本当の男だ。

「ありがとうございます。これからは、定五郎さん共々、商いに精を出していくつもりです。私は自分の身体の中に、大人の男になるための年輪がひとつ、刻まれたような気がします」

弥太郎はゆっくりと酒を呑んだ。

三日後の夕刻――。弥太郎は風呂敷包みを抱えて、三津五郎の家を訪ねた。

「こげ茶色の草履をお持ちしました」

弥太郎は風呂敷包みの結び目を解き、草履を差し出す。

「いかがでしょうか……」

草履を受け取った三津五郎の手は震えている。

「お、おめえさん。ずいぶんと面白え草履を持ってきたな」

その草履は左右の大きさも、色も、厚みも違う。片方の鼻緒は伸びてダラリとしている。

弥太郎は胸を張った。

「私が無理を言って職人に作らせたものです。四角四面で、隙のない草履に愛着は湧きません。私にはこの草履から物語が聞こえてきたのです。三津五郎さんにその物語を話すのは野暮ってものですが」

三津五郎は呆気にとられている。

「この国、広しと言えど、この草履を履きこなせるのは、三津五郎さんしかいないと思います」

三津五郎は大きな溜息をつくと、歪んだ茶碗から不味そうに茶を啜った。

本所おけら長屋（十六）　その参

せいひん

一

万造、松吉、八五郎、鉄斎の四人が呑んでいるのは、おけら長屋の溜まり場、酒場三祐だ。

「しかし……」

万造はここで一度、言葉を切ると、酒を呑み干してから猪口を叩きつけるように置いた。

「どうして、おれたちにはこんなに銭がねえんだろうな」

松吉は頷く。

「まったくだぜ。店賃は半年も溜めてるし、呑み屋のツケも払えねえ、あちこちに借金だらけで、町中をコソコソ歩かなきゃならねえ。まるで罪人じゃねえか」

「まあ、罪人みてえなもんだけどな」

八五郎は大声で笑う。

「わははは。まったく情けねえ奴らだ」

「そういう八五郎さんは銭を持ってるのかよ」

「おれか……。おれも……、ねえ」

万造と松吉はずっこける。

「訊いたこっちが馬鹿だったぜ。そもそも銭を持ってたら、おけら長屋なんぞにゃ住んでねえや。ねえ、旦那」

「その通りだな」

鉄斎は、こんなたわいもない話を聞いているのが好きだ。松吉は鉄斎に尋ねる。

「旦那。貧乏神ってやつは本当にいるんですかね」

「貧乏神か……。どうかな」

「いるに決まってますぜ。だって、貧乏な奴はどこまでも貧乏になって、貧乏な暮らしから抜け出すことができねえ。貧乏神に取り憑かれてるからですよ」

万造も納得したようだ。

「それに比べて、金持ちはさらに金持ちになる。奴らにゃ福の神が憑いてるんでさあ」

「許せねえ。きっと、おけら長屋にゃ、貧乏神が棲み着いてるんでえ。畜生。貧乏神の野郎、どこに棲み着いていやがるんでえ。何としても叩き出さなきゃならねえ。どうしても出ていかねえときは、大家か隠居の家に閉じ込めるしかねえ」

万造は頭を抱える。

「ああ。おれは生まれながらにして貧乏神に取り憑かれてるんでえ」

八五郎は振り返る。

「喬丸先生よ。だいたいの話は聞こえてただろう。貧乏神ってやつは本当にいるのかい」

後ろの席で一人酒を楽しんでいたのは、通称、喬丸という初老の男だ。元は武家なのだが、何十年も前から近所の寺小屋で子供たちに読み書きを教えている。亀沢町では物知りで通っている温和な男だ。

「貧乏神はいる。福の神もいる」

万造は手を叩いた。

「それみろい。貧乏神は間違えなくいるんでえ。喬丸先生。貧乏神ってやつは家に憑くんですかい。それとも人に憑くんですかい」

喬丸はゆっくりと猪口を置いた。

「福の神も貧乏神も、お前さんたちの心の中にいるんだよ」

松吉も万造の真似をして手を叩く。

「心の中ときやがったぜ。さすがは喬丸先生だ。奥が深えや。ねえ、旦那」

鉄斎は呑みかけの猪口を止めた。

「いや、喬丸先生のおっしゃっていることは当たっているかもしれんぞ」

喬丸は満足げだ。

「こんな話がある。ある家に美しい女が訪ねてきて、自分は福の神だと言う。その家の主人は喜んで、その女を家に招き入れた。ふと見ると、その女の後から汚れた醜い女も入ってこようとしている。何者だと訊くと、自分は貧乏神だと言う。そんな者に入ってこられては堪らないので、主人はその女を追い払う。すると、貧乏神が〝福の神と私は姉妹なのです。私を追い払えば、姉の福の神も一緒にこの家から出ていきます〟と言って笑った。そして、福の神と貧乏神は、その家から出ていったそうだ」

三祐の座敷は静けさに包まれた。口を開いたのは八五郎だ。

「なるほどねえ……。まるで意味がわからねえ」

万造と松吉はひっくり返る。

「だが、八五郎さんよ。気にすることあねえ。おれたちにもよくわからねえのに、八五郎さんにわかるはずがねえや。なあ、松ちゃん」

「違えねえや」

八五郎は酒を呑み干した。

「馬鹿にするんじゃねえ。そもそも、福の神と貧乏神が姉妹って、そんなことがあるわけねえだろ。だれだって、貧乏神なんざ、家に入れたかねえや。叩き出されても仕方ねえだろ。なのに、なんで姉さんの福の神も一緒に出ていくんでえ。福の神だって、貧乏神の妹となんか一緒にいたかねえはずだ」

万造と松吉は感心する。

「なるほどなあ。生まれてはじめて八五郎さんの言ってることが、正しいと思えてきたぜ」

「ああ。きっと、これが最初で最後になると思うがな」

喬丸は苦笑いを浮かべる。

「島田さん。この者たちに教えてやってくれませんかな」

鉄斎は猪口を置いた。

「こういうことではないかな。人は自分の心の中で呟く。真面目に一生懸命に働かなければならない。贅沢をしてはいけない。金を貯めなければいけない、とな。この気持ちが福の神だ。だが、なかなかそうはいかない。人の心とは弱いものだ。楽をしたい、怠けたい、贅沢がしたい、酒を呑みたい、博打を打ちたいと、思うものだ。これが貧乏神だ。心の中にいる福の神の教えを守れば、知らず知らずのうちに裕福になり、心の中にいる貧乏神の囁きに負けてしまった者は貧乏になる。つまり、福の神と貧乏神は表と裏ってことではないのかな」

喬丸は大きく頷いた。

「島田さんの言う通りだ。貧乏神を追い出したければ、真面目に働けということだ」

万造は腕を捲る。

「冗談じゃねえや。そりゃ、御伽噺じゃねえか。そんなこたあ、寺小屋に通ってるガキどもに言ってくれや。おれたちにゃ、もう手遅れでえ。なあ、松ちゃん」

「そうでえ。おれたちが酒も呑まず、博打も打たねえで、怠けもせず、真面目に働いたら、お天道様が西から昇って、この世が終わっちまわあ」

しばらく黙っていた八五郎が――。

「そんな御伽噺じゃねえ。おれは本当にいると思う。福の神も貧乏神もよ。横網町の常陸屋を見てみろ。主は働き者で、真っ当な商えをやってたじゃねえか。ところが一年前のことだ。お内儀がわけのわからねえ病になっちまって、薬代に何百両もかかったそうでえ。だがお内儀はその甲斐もなく死んじまった。それからがひでえ。丁稚がどこぞの旗本にお手討ちにされる、番頭に金を持ち逃げされる、盗賊に入られて蔵の金は盗まれ、挙句の果てに火事まで出しちまって、お上から屋敷を召し上げられて、一家離散でえ。これが貧乏神の仕業じゃなくて、何だってんでえ」

松吉は八五郎の猪口に酒を注ぐ。

「まったくでえ。それに比べて、緑町の千願屋だ。汚え商えをする上に、裏では高利貸しまでやっていやがる。それなのに、ああ、それなのに……」

「いやに節をつけるじゃねえか」

「商売敵の常陸屋は、あれよあれよという間に潰れちまう。千願屋の娘はどこぞのお殿様に見初められたってんで、知り合いの武家の養女にして輿入れ。そしたら、その娘がすぐに身籠もった。お殿様には男の子供がいなかったんで、生まれた子供はお世継ぎ様でえ。お殿様は大喜びで、千願屋の主には何百両もの金が下げ渡されたそうでえ。主は吉原で噂の花魁、筑波太夫を身請けしてよ、この世の春ってことらしいや。福の神が憑いてるとしか思えねえや」

その話を聞いていた万造は——。

「やっぱり、いるんでえ。福の神も貧乏神もよ」

喬丸は徳利と猪口を持って、万造たちの席にやってきた。

「面白い話を聞かせてやろう。死んだ私の祖父さんから聞いた話だが……」

万造、松吉、八五郎の三人は身を乗り出した。

「私の祖父さんが子供のころ、祖父さんの父親は、ある小藩の貧乏侍だった。

家柄のせいで出世を望むこともできず、ひもじい思いをしたそうだ。ある日、祖父さんが押し入れの襖を開くと、そこに身の丈一尺半（約四十五センチ）ほどの老人がいたという」

三人はこの話に興味を持ったようだ。

「一尺半てえと、人の膝くれえの大きさじゃねえか」

「そうだ。その白髪の老人は、痩せこけていて、鬚を生やしている。ぼろきれのような着物を着て、縄を帯代わりにしている。手には杖を持っていたそうだ。まだ子供だった祖父さんは、その老人に尋ねた。お爺さんはだれなんだってな。その老人は〝貧乏神だ〟と答えたそうだ」

八五郎は満足げだ。

「やっぱりいやがったか。貧乏神の野郎。それでどうしたんでえ」

喬丸は手酌酒を呑んだ。

「驚いた祖父さんは両親を呼びに行った。押し入れに貧乏神がいる、ってな。両親が来たときに貧乏神は消えていた。両親からは、嘘つきは泥棒の始まりだと、こっぴどく叱られたそうだ。それからも、祖父さんは家のあちこちで貧乏神を見かけたそうだ」

　松吉は呟く。

「子供にしか見えなかったんじゃねえのか」

「その通りだ。祖父さんは、その貧乏神に酒や食べ物を与えた。神様に与えるというのもおかしな話だがな。貧乏神は身体が小さかったから、酒や食べ物は少しだけくすねてくればよい。貧乏神はそれを喜んで食べたそうだ」

　松吉は感心する。

「なんだか、うちのミーちゃんに餌をやってるみてえだなあ」

「ある日、祖父さんが押し入れを開けると、そこには貧乏神と、もう一人の老人がいた。貧乏神はこう言ったそうだ。〝お前さんにはこの者が世話になった。だから、わしはこの家を出ていくことにした。今日からこの者がこの家に棲むことになる〟と。すると、もう一人の老人は頭を下げた。〝私は福の神です〟」

　万造の表情はきらめく。

「貧乏神に優しくしたら出ていってくれて、代わりに福の神を呼んでくれたってことか。それで、祖父さんの家はどうなったんでえ」

「それから、しばらくすると祖父さんの父親は、石高の高いお役目をいただき、その後も異例の出世を続け、ついには藩の要職に就くことができた。福の神のおかげだな」

鉄斎は頷く。

「福の神や貧乏神が本当にいるかは別として、福の神と貧乏神が一体だというのは本当の話かもしれんな」

そんな話を立ち聞きしていた店のお栄は、恐る恐る座敷の横にある押し入れの襖を開いたが、そこにはだれもいなかった。

本所界隈では、商家に嫌がらせをして、金を強請る珍商売が横行していた。万造と松吉は久蔵からその話を聞いた。

「うちの店の前に、物乞いのような男が座り込みまして」

「そんなもん、追い払えばいいじゃねえか」

万造が吐き捨てるように言うと、久蔵は困惑したような表情になるが、半分楽しんでいるようにも見える。

「それが、座り込んだ横に〝私は貧乏神です〟と書かれた立札を置いているんです」

「貧乏神だと〜」

「ええ。番頭さんや店の若い者たちがどかそうとするんですが、頑として動きません。そんな者に居座られたら商売に差し支えます」

松吉は大笑いする。

「わははは。そりゃそうだろうよ。貧乏神が居座ってる店から物を買うなんざ、縁起が悪いや」

「ですが、貧乏神は動かない。仕方ないので番頭さんが金を握らせて、立ち去ってくれと頼みます。すると、貧乏神は隣の店の前に移ります」

「なるほど。隣の店でも同じことになって、貧乏神は、また隣の店に移っていく……」

「その通りです」

万造は感心して腕を組む。

「うめえことを考えやがったなあ。おれも貧乏神になってやってみるかな。うまくすりゃ、日に一分は稼げるかもしれねえ」

「役人に相談したんですが、こっちが勝手に金を払ってるんで、貧乏神に罪はないと言われたそうです」

「ますます、うめえことを考えやがったもんだ」

　久蔵が出ていった後、松吉の家に飛び込んできたのは八五郎だ。

「貧乏神だ。貧乏神が出やがった」

「あははは。今、久蔵から聞いたぜ。商家の前に居座る貧乏神だろ」

　八五郎は頭を振る。

「その貧乏神じゃねえ。このままじゃ、金閣長屋に貧乏神をとられちまうぜ」

「な、なんでえ、そりゃ」

「とにかく来てくれ。裏の金閣長屋だ」

　三人は松吉の家を飛び出した。

　金閣長屋の井戸端には人だかりができている。万造が背伸びをして覗き込むと、井戸の横には汚い老人が座り込んでいた。その前にしゃがみ込み、その老人に話しかけているのは金閣長屋に住む曲物師（まげものし）、権三郎（ごんざぶろう）の女房、お清（きよ）だ。

「お爺さん。あんた、どこから来たんだい」

老人は何も答えない。

「困ったねえ……」

井戸端に集まった金閣長屋の住人たちは口々に――。

「番屋に知らせた方がいいんじゃないのかい」

「関わらない方がいいよ」

「この節（せつ）は、こういう人が増えたからねえ。役人もまともに扱っちゃくれないよ」

八五郎は万造の脇腹を肘（ひじ）で突（つつ）く。

「あの爺さんを見てみろ。痩せこけてよ、白髪で鬚を生やしているだろう。着物の帯は縄だ。それに、杖を握ってる……」

万造はその老人をまじまじと見た。

「喬丸先生が言ってた貧乏神と同じじゃねえか」

八五郎は「そうだ」と呟いた。松吉はその老人をしげしげと眺（なが）める。

「だが、貧乏神にしちゃ、でかすぎねえか。確か、一尺半ってことだったが……」

「細けえことは気にするな」

しばらく黙っていた万造と松吉だが、お互いの顔を見合うと頷いた。二人の頭の中には久蔵から聞いた話が浮かんだのだ。松吉が小声で万造に囁く。

「あの爺、使えるかもしれねえ。まだ、手立ては思いつかねえが」

「金閣長屋に囲われちまったら面倒なことにならあ。こっちに引っ張り込まねえと」

二人は人を押しのけて井戸の前に出た。

「どうしたんでえ」

お清は振り返る。

「おけら長屋の万造さんじゃないか。いえね、あたしが水を汲みに来たら、このお爺さんがここに座っててねえ。何を尋ねても答えないから困ってるんだよ」

「そいつぁ、難儀だなあ。どうするよ、松ちゃん」

「よし。わかった。この爺さんは、おけら長屋で引き取ろうじゃねえか」

お清の表情は明るくなる。渡りに船というやつだ。お清は二人の後ろに立っている八五郎に――。

「いいのかい、八五郎さん。万松の話に乗るとロクなことはないからね。後になってから、このお爺さんを返されても困るよ」

八五郎は胸を張った。

「心配するねえ。一度、請け負ったからにゃ、そんな真似はしねえよ」

あちこちから声が上がる。

「さすがは、お節介と人情と馬鹿で名高い、おけら長屋でえ」

「八五郎さんは男だねえ。惚れ直したよ」

「これが若え女だったら、手籠めにされるか、どこぞに売り飛ばされるかと心配するところだが、この爺さんなら大丈夫だろう」

万造と松吉は、両脇から老人を抱えるようにして立たせる。

「勝手なことを言ってやがるぜ。さあ、爺さん。こんな薄情な長屋にいると命がいくつあっても足りねえ。うちの長屋に来ておくんなさい」

「かわいそうに。こんなに痩せこけちまってよ。とりあえず、おけら長屋に来て飯でも食ってくだせえ」

金閣長屋の住人たちは、老人を連れていく三人を拍手で見送った。

二

ふた月ほど前――。

茅場町にある材木問屋の大店、林屋の隠居、省吾郎は取り巻き連中の他に、芸者、幇間などを乗せて柳橋から舟遊びと洒落こんだ。屋形船に酒や料理を積み込んで盛り上がろうという贅沢な遊びだ。大川（隅田川）を下って海に出ると南の空が暗くなり、強い風が吹き出した。

船は沖へと流される。屋形船は風に弱い。船は強風に煽られて横倒しとなり転覆した。近くにいた漁船が海に投げ出された者たちを救出したが、波が高く、助けることができたのは六名のみ。省吾郎を含む四名は行き方知れずとなった。

二日後、二名が近くの浜辺に土左衛門となって打ち上げられたが、省吾郎と芸者一人の行方はわからないままだ。

亡骸がないまま林屋は弔いを出し、省吾郎は人別帳からその名を消されることになった。

だが、省吾郎は生きていたのだ。

おけら長屋に連れてこられた老人は、とりあえず松吉の家に引っ張り込まれた。三人は老人を上座に座らせると、その前に正座をして低頭する。

「ようこそ、おけら長屋にいらっしゃいました」

老人はにっこりと笑った。万造は老人に茶碗を握らせて、松吉は酒を注ぐ。

「どうぞ、お近づきのしるしに……」

老人は酒に口をつけた。

「美味いのう」

八五郎は小皿にのったメザシを差し出す。

「こんなものしかございませんが、酒の肴に……」

老人はメザシをつまむと、頭を齧った。

「美味いのう」

三人は満足そうに微笑む。万造は恐る恐る尋ねる。

「あ、あの。あなた様のお名前は……」

「わしの名前……」

「そうでございます」

「わからん」

松吉が尋ねる。

「どちらからお越しになったのでしょうか」

「わからん」

「えー、しばらく中座させていただきますが、ここで、お酒など呑みながら、くつろいでくださいませ」

万造は松吉と八五郎の袖を引っ張る。三人は万造の家に移動した。万松の二人は八五郎に、久蔵から聞いた話を語る。

「なんとか、あの爺を使って金を儲ける手立てがねえかなあ。松ちゃん、何か思いつかねえのかよ」

「急に言われてもなあ……」

八五郎は真顔になる。

「お、おい。ちょっと待てや。あの爺さんが本物の貧乏神だったらどうするんでえ」

万造は呆れる。

「そんなわけがねえだろ。なあ、松ちゃん」

「ああ。大方、馬喰町の火事で焼け出された爺だろうよ」

先月、馬喰町で火事が起こり、あたり一帯が焼け野原となって、多くの人が死んだ。家を焼かれたり、身内の者が死んだ老人や子供は、物乞いになることが多い。

「おそらく、火事のドサクサで手前がだれかも、わからなくなっちまったに違えねえ。こっちにとっちゃ、都合がいいじゃねえか。とりあえずは、あの爺によ、自分は貧乏神だって思い込ませることだ。行くぜ、松ちゃん」

万松の二人は松吉の家に戻った。老人は座って酒を呑んでいる。万造は老人の前に座った。

「どうです、神様。ご機嫌は……」

老人はきょとんとする。

「神様……。神様とは、だれじゃ」

「あなたですよ。あなたは神様なんですよ」

万造が老人に向かって手を合わせると、松吉も手を合わせた。

「わ、わしは、神様なのか……」

「そうです。あなたは神様です」

「何の神様じゃ」

松吉は床(ゆか)に両手をついた。

「あ、あなた様は、び、貧乏神でございます」

老人は笑った。

「わはは。そうか。わしは貧乏神か。わしもそんな気がしていた。わしは貧乏神か」

松吉は胸を撫(な)で下ろす。

「それでは貧乏神様。お身体が汚れているようですから、湯屋(ゆや)でお背中でも流しましょう」

万造と松吉は土間に下りた。松吉は小声で――。

「酒に飯に湯屋にって、銭がかかって仕方ねえな」

「だが、損して得とれっていうじゃねえか。ここは我慢でえ。何としても銭を稼ぐ手立てを考えなくちゃならねえな」

「そういうこってえ」

万松の二人が老人を連れて湯屋から戻ると、長屋で待ちかまえていたのは、お里、お咲、お奈津の三人だ。万造は老人を松吉の家に押し込む。老人の耳に入れたくない話に決まっているからだ。

「聞いたよ。あんたたち、行き倒れの爺さんを引き取ったんだってねえ」

「金閣長屋の人たちは感心してたよ。さすがは、おけら長屋だって」

「あたしも、おけら長屋の住人として鼻が高いですよ」

思わぬ展開に万松の二人も、話を合わせるのに四苦八苦だ。

「あ、あ、当たり前じゃねえか。困ってる者を見たら手を差し伸べるのが江戸っ子ってもんでえ。なあ、松ちゃん」

「そ、そうともよ。年寄りは大切にしなきゃならねえ」

　女三人は感心する。

「偉い。見直したよ。そうと決まったら、あんたたちだけにいい格好はさせられないよ。あの爺さんの飯くらいは、あたしたちで用意しようじゃないか。ねえ、お咲さん」

「もちろんさ。酒代くらいはなんとかするよ。ねえ、奈っちゃん」

「はい。古着でよければ着物を持ってきますよ」

　万造と松吉の表情は明るくなる。

「あ、ありがとうよ。これから、松ちゃんと手分けして、あの爺さんの身元を調べなきゃならねえ。だが、こっちも仕事のある身だからなあ」

「ああ。しばらくはこの長屋で、おれたちが面倒をみることになるだろうよ。よろしく頼むぜ」

　女たちが去った後、万造と松吉は顔を見合わせる。

「あの爺さん、もしかしたら本当は福の神かもしれねえな」

「違えねえや」

　万松の二人は大笑いをした。

おけら長屋の大家、徳兵衛の家にいるのは徳兵衛と島田鉄斎だ。徳兵衛は苦々しい表情で茶を啜る。

「松吉の家に得体の知れない老人がいるらしいですな」

「なんでも、行き場のない老人とか。馬喰町の火事で焼け出されたのではないかという話です。身内の者が見つかるまで面倒をみるそうです」

「火事の話はいいとしても、あの二人が損得なしで面倒をみるとは信じられませんな。島田さんはその話を信じているのですか」

「もちろん信じてはいません」

二人は笑った。

「万松の二人は何を企んでいるのでしょうか」

「さあ。それはわかりません。ですが、世間的には、人助けをしていることになっているのですから、文句を言うと、こっちが悪者になってしまいますよ。お里さんたちも手助けしているようですし、ここはしばらく見守ることにしてはいかがですかな」

「甘いですなあ、島田さんは……」

「まあ、正直言いまして、楽しみではあります。何が起きるのかと……」

鉄斎はゆっくりと茶を啜った。


万造の家の引き戸を開け、したり顔で入ってきたのは松吉だ。万造は尋ねる。

「爺さんはどうしてる」

「ああ。イビキをかいて寝てらあ」

松吉は万造の前に座ると五合徳利を置き、万造は茶碗を二つ並べる。阿吽の呼吸だ。

「松ちゃん。何か思いついたようだな」

「ああ。まだほんの入り口だがな」

松吉は茶碗に酒を注ぎ、二人は茶碗を合わせる。

「回向院の境内に見世物小屋があるだろう」

「まゆつばの田五郎か」

田五郎は回向院の境内で、田五郎小屋という興行小屋を営んでいる。興行の内容にかかわらず小屋（座）を貸す商売だが、田五郎は、客を騙すような見世物興行にばかり座貸しをすることで有名だ。

「オオカミ小僧見参」のときは長い行列ができたが、小屋に入ってみると大きな紙を持った男の子が立っているだけというオチ。騙された客たちは、小屋の外に並んでいる客たちも道ずれにしようとして〝驚いたねえ、オオカミ小僧。こりゃ、冥途の土産になるぜ〟などと口走りながら行列の近くを通る。田五郎は袋叩きにされると思いきや、そこは洒落好きの江戸っ子たち。騙されることを楽しむ余裕があるのだ。

「田五郎の小屋じゃ、上方の〝妖怪ヘビ女〟とかいう興行を打つつもりだったが、そのヘビ女が江戸に向かう途中、箱根あたりの街道でマムシに嚙まれて毒が回り、しばらくは動けねえそうだ」

「ヘビ女がマムシに嚙まれただと～。わはははは。面白すぎるじゃねえか」

「田五郎にとっちゃ笑いごとじゃねえ。ヘビ女の興行は三日後に始まることになってたそうでえ。田五郎は真っ青ってやつよ。そこでよ、おれが田五郎に持ちかけた。〝貧乏神のご開帳〟ってえのはどうでえってよ」

「貧乏神のご開帳……」

「そうよ。田五郎の野郎は藁をもつかむ思いってやってでえ。飛びついてきたぜ」

万造は茶碗に酒を注ぐ。

「面白え話だが、どうやって金を儲けるんでえ。貧乏神を拝もうなんて酔狂な奴はいねえだろう」

「心配するねえ。そこんとこはちゃんと考えてあらあ」

松吉は茶碗酒をあおった。

翌日、万造と松吉は老人を連れて家を出る。井戸端で声をかけたのは、お里だ。

「おや、お出かけかい」

「ああ。今日は店も暇なんでな。この爺さんを連れて馬喰町あたりを歩いてみようと思ってよ」

「この爺さんを知ってるって者に出くわすかもしれねえだろ」

お里は感心する。

「あんたたちを見直したよ。お店だって、人助けをしてるとなれば文句も言えないしねえ。万松は禍の元じゃなくて、情けの元だねえ」

「おだてるねえ」

もちろん、行き先は馬喰町ではない。回向院境内の田五郎小屋だ。

田五郎は老人をひと目見ると、顔をしかめた。

「だれでえ、この汚え爺は」

松吉は老人に手を合わせて「申し訳ございません」と小声で呟いてから――。

「失礼なことを言うと承知しねえぞ。このお方こそ、貧乏神様でえ」

田五郎は上から下まで、舐めるように老人を見つめる。嘘っぱち見世物小屋を長年にわたって営んできた男は、すぐに松吉の心中を汲み取る。

「な、なるほど。これは、これは、貧乏神様。ようこそいらっしゃいました。どうぞ、こちらに」

小屋に万造と松吉と老人を入れた田五郎は木戸を閉める。小屋の真ん中の奥には大きな厨子があり、観音開きの扉がついている。

「どうぞ、貧乏神様。この厨子の中に入ってお座りください。いえいえ、向こうを向いて座ってどうするんですか。こっちを向いて座ってください。扉を閉めさせていただきますよ。ちょいと暗くなりますけど、気にしねえでください」

田五郎は扉を閉める。そしてこの両脇にロウソクの灯りを灯す。

「おう、松吉。明かり取りの窓を閉めてくんな。客は三十人ずつ小屋に入れる。引き戸を閉めてから、この観音開きの扉を開けるって寸法よ」

田五郎はゆっくりと扉を開いた。老人の姿を目の当たりにした万造と松吉は感嘆の声を上げる。

「おお。おおおお……」

暗闇の中で淡いロウソクの灯りに映し出された老人は、どう見ても貧乏神にしか見えない。田五郎は扉の前に置かれた箱を指差す。

「これが賽銭箱だ。客はこの賽銭箱に銭を投げ入れて手を合わせる」

万造は腕を組む。

「さすがは、人様を騙し続けて三十年。抜かりがねえ」

「ああ。まさに、まゆつばの神様でえ」

田五郎には誉め言葉に聞こえるようだ。

「ところで、松吉さんよ。客は本当に集まるんだろうな」

松吉は胸を叩いた。

「心配するねえ。いいか、見料の三十文と賽銭箱の銭は折半ってことで間違えねえな」

「ああ。そっちこそ心配するねえ」

万造は老人に目をやった。

「ところで、ご開帳の刻限はどうするんでえ。ずっと座りっぱなしじゃ、爺さん……、いや、貧乏神様が疲れちまうし、飯も食わさなきゃなるめえ」

田五郎は老人を見つめながら――。

「そうだな。ご開帳は一日二回に分けよう。まずは四ツ（午前十時）から九ツ（正午）。一刻（二時間）休憩して、八ツ（午後二時）から七ツ（午後四時）ってとこだな」

万造と松吉は同時に頷いた。万造は明かり取りの窓を開ける。

「爺さ……、いや、貧乏神様の衣だが、もっと汚え方がいいんじゃねえのか」

「〝高尾山の天狗と仙人〟のときに使ったものがある。あれにしよう」

老人が杖で床を叩いた。

「わしはここに入るのか」

「そうでございます」

「いつからだ」

「明後日(あさって)からでございます」

「酒は呑めるのか」

松吉は笑った。

「おとなしく、そこに入っていただけやしたら、昼に呑めるようにしましょう。ただし、その後も一刻ばかり入ってもらいやすので、ほどほどにしてくだせえよ。実入りによっちゃ、夜にも呑めるようにしやすから」

「そうか。昼は鰻(うなぎ)にしてほしい」

「冗談じゃねえ……。い、いや、冗談じゃございません」

「わしは神様じゃないのか」

「でも。神の上に貧乏がつく貧乏神なんですよ。鰻を食う貧乏神なんて洒落にならねえでしょう。とにかく、昼飯は何とかしやすから、そこに入っているときは静かにしてておくんなさいよ。ただ座ってればいいんですから」

老人は静かに目を閉じた。その姿はすでに、貧乏神にしか見えなかった。

三

貧乏神ご開帳の日、小屋の前には長い行列ができた。

数日前から両国橋の東西、本所深川界隈には噂が流れた。回向院境内の田五郎小屋で貧乏神を拝観し、賽銭を投げた者の家には貧乏神はやってこないと……。噂を流したのは万松の二人に脅された、おけら長屋の久蔵や辰次、大工の寅吉たちである。娯楽の少ない暮らしのなか、新しもの好き、洒落好きの江戸っ子たちは、こぞって小屋に押しかけた。

「貧乏神のご開帳とは笑わせるじゃねえか」

「だが、田五郎小屋のこってえ、まゆつばに決まってらあ。おれが思うには、〝瓶〟と〝棒〟と〝紙〟が並べてあって〝瓶・棒・紙〟ってとこじゃねえか」

「わははは。それはそれで面白えじゃねえか。どんなオチがあるのか、早く中に入りてえもんだ」

まずは、三十文の見料を支払った三十人が小屋の中に入った。

ロウソクに灯りが灯され、明かり取りの窓が閉まると、小屋の中は幻想的になる。小屋の者がゆっくりと観音開きの扉を開けると……。老人は酒を呑んでいた。

客はまだ暗闇に目が慣れていないようで厨子の中は見えないようだ。厨子の右側にいた万造は、慌てて小屋の者の尻を蹴る。

「馬鹿野郎。早く扉を閉めろ」

左側にいた松吉は、厨子の側面に開けた穴から囁く。

「貧乏神様。扉を開くって言ったでしょう。いいですかい。開けますよ」

そしてまた、ゆっくりと観音開きの扉が開く。暗がりの中で、ロウソクのほのかな灯りに照らされた老人は、少し揺れているように見えた。

月代に伸びた残り少ない白髪は貧相そのものだ。頬の肉が落ちた顔はまるで骸骨だ。顎から垂れ下がるように生えている白い鬚は、朽ち果てた暖簾を思わせる。ぼろ切れのような白い着物の胸元から覗くあばら骨は、木乃伊のようだ。そして、世を儚んだような虚ろな目。酔っているだけなのだが……。

「び、貧乏神様だ」

「恐ろしや、恐ろしや。決してうちには来ないでください」

「ナンマイダー、ナムミョーホーレンゲーキョー」

客たちは、自ずと手を合わせ出す。

田五郎小屋では、このような見世物を打つときには、田五郎が口上を述べていた。

「かわいそうなのはこの子でござい。一歳のときに飛騨山中で両親と生き別れ、その後、オオカミによって育てられ……」

万造と松吉はこれをやめさせた。田五郎のとってつけたような口上は嘘くさい。本物には何も要らないのだ。本物ではないのだが。

松吉は穴から囁く。

「貧乏神様。台詞ですよ。扉が閉まる前の台詞ですよ」

扉がゆっくりと閉まりだす。

「扉が閉まるまでに賽銭箱にお布施を投げよ。その者の家には行くぞ」

「違えますよ。行かない、ですよ。行かない……」

「その者の家には行かぬ」

客たちは慌てて財布を取り出すと、競うようにして銭を投げ入れた。

万造の家で、万造と松吉は銭を床に広げている。

「ひぃ、ふぅ、みぃ……。何度数えても堪らねえ」

松吉は、にやりと笑った。

「俺たちの取り分だけでも二分超えるとはな」

万造は、一朱金を指先ではじいた。

「こんな大金を賽銭箱に放り込んだ奴がいるぜ。やっぱり貧乏神と福の神は表と裏だってことでえ。田五郎の野郎も浮かれてやがったな」

「一日で一両の儲けだ。ぼろ儲けだぜ。こりゃ、爺さんにも酒を呑ませてやらねえとな」

「ああ……」

「どうしたんでえ、万ちゃん」

万造は茶碗を置いた。

「あの爺、何者なんだろうなあ。酔狂というか、洒落っけがあるというか。あんな小汚え格好をしてるのに、どことなく品があるような……」

　松吉も茶碗を置く。

「おれもそう思ってた。焼け出されて記憶がなくなっちまったなら、もっと不安げになるはずだ。ところが、あの爺さんにはそれがねえ。悠然としてやがる。まあ、おれたちには関わりのねえことだがな。貧乏神ご開帳の興行は十日間。あと九日でえ。稼げるだけ稼がなくっちゃならねえ」

「興行が終わったらどうするんでえ、あの爺さん」

「さあな。後は野となれ山となれでえ。そんときに考えるさ。明日はもっと大勢のカモがネギを背負ってやってくるぜ」

「ところで、松ちゃん。店の方は大丈夫なのかよ」

「どってこたあねえよ。ここんところ暇だからよ。おれは毎日、爺さんの家を捜してるってことになってる」

「おっ。おれもその手を使わせてもらうぜ。くだくだ言いやがったら店なんざやめてやらあ。奉公人なんぞより、まゆつば興行の方がよっぽど儲かるぜ」

「違えねえや」

二人は勢いよく茶碗酒を呑み干した。

翌日も田五郎小屋には大勢の客が押し寄せた。噂が噂を呼ぶというやつだ。

「出入りの頭から聞いたんだが、あれは本当の貧乏神に違いないと」

「ええ。私もうちの番頭さんに聞きましてね。番頭さんは仕事中だというのに貧乏神を観に行ったそうです。私に小言を食らってでも、観に行ったことを言いたかったんでしょうなあ。そこまで番頭さんを驚かせた貧乏神を、なんとしても観てみたいと思いましてな」

小屋の前に並ぶ人たちは口々に貧乏神について語り合う。半信半疑だった人たちも、老人の姿を目の当たりにすると固唾を呑む。

万松の二人は、昨日の興行から学んでいた。

あらかじめ行列に並ぶ客の人数を見定め、一回の興行を短くして何度も客を入れ替える。少しでも多くの客を入れれば実入りも増える。それに、ゆっくり拝めない方が貧乏神のありがた味が増し、もう一度、小屋にやってくることも考えられる。

田五郎は感心する。

「まったく、おめえたちは頼りになるぜ。お店の奉公人にしとくにゃもったいねえ」

最初の三十人が小屋に入る。小屋の中は暗がりになり、観音開きの扉が次第に開いていく。老人は居眠りをしていた。松吉が穴から囁く。

「起きてくだせえ。扉が開きましたぜ」

老人はゆっくりと顔を持ち上げる。寝惚けている目が世の儚さを憂えているようで客は静まり返った。万造は団扇を小刻みに動かしてロウソクの炎を揺らす。客たちは手を合わせた。

「貧乏神様、どうか我が家にはお越しになりませんように……」

「横山町にお出でになるときには、上総屋ではなく、隣の下総屋に入ってくださいまし。屋号が紛らわしいので、お間違えのないようにお願いします」

扉がゆっくりと閉まりだす。

「扉が閉まる前に賽銭箱にお布施を投げよ。その者の家には行かぬ」

客たちは、慌てて銭を投げ入れる。

「待て」

小屋の者は老人の声に驚いて、閉まりかかる扉を止めた。老人は一番前で拝観していた恰幅(かっぷく)のよい商人風の男を指差した。

「お前に決めた。丸々とした財布からたったの一文とは、貧乏神を愚弄(ぐろう)する気か。お前の家で暮らすことに決めた」

その男の顔は真っ青になる。

「その財布ごと投げよ」

「ひー。お許しください、貧乏神様。これで、どうかお許しを」

その男は財布を賽銭箱に投げると、両手を合わせた。老人はその後のご開帳でも、手ごろな人物を見つけると、財布ごと投げさせた。

七ツに興行が跳(は)ねると、小屋で酒盛りとなった。

「鰻屋からの仕出しとは豪勢じゃねえか。酒もたんまりとあるしよ」

「ああ。これで芸者でもいれば文句はねえが、こんな殺風景(さっぷうけい)な小屋とは情けねえ」

田五郎は酒を注ぎながら——。

「文句を言うんじゃねえよ。貧乏神が料理屋で酒盛りなんざ洒落にならねえだろ。ほれ、爺さん……、いや、貧乏神さんも遠慮しねえで呑んで食ってくだせえよ。しかし、驚いたぜ」

「何がよ」

「今日の上がりだ。四両だぜ」

万造と松吉の手は驚きで止まる。

「爺さ……、いや、貧乏神様のおかげだ。財布ごとってえのが効いてるぜ」

盃を持つ万造の手は震えている。

「つ、つ、つまり、よ、よ、四両ってことは……、おれたちの取り分は二両ってことかよ」

「そういうことにならあ」

松吉の手も震えて、酒はこぼれている。

「つ、つ、つまり、おれと万ちゃんで、に、に、二両ってことかよ」

「そういうことにならあ」

「待て」

老人が切れのよい言葉を発した。

「わしの取り分はどうなる」

三人は顔を見合わせた。松吉は呆れ顔で——。

「もしもし。貧乏神さんよ……。あんたは行き倒れ寸前だったんだぜ。それをおれたちが助けてやったんじゃねえか。雨露(あめつゆ)がしのげて、鰻で酒が呑めるだけで御(おん)の字だろうよ」

「そうでえ。その上、銭までよこせってえのは、ちょいと図々(ずうずう)しかねえか」

老人は酒を呑み干す。

「財布を巻き上げたのは、わしじゃ」

「そりゃ、そうかもしれねえけどよ」

「わしの取り分がないなら、降りる」

田五郎は万松の二人に尋ねる。

「この爺さんは、てめえがだれかも、わからなくなってるんだろう。それにしちゃ〝取り分〟だの〝巻き上げる〟だの〝降りる〟だのと、まるでわかってるじゃねえか」

万造は首を傾げる。

「記憶を失う前は、ただ者じゃなかったのかもしれねえ」

老人は茶碗を出して酒を求める。

「答えよ」

松吉は酒を注いだ。

「仕方ねえ。貧乏神様がいなくなっちゃ、元も子もねえ。三人で分けりゃ、文句はねえんだろ」

老人は田五郎を見た。

「お前の取り分は四割にしろ。残りの六割をこちらの三人で分ければ、一人二割になる。その方が算盤勘定がしやすい」

老人は算盤をはじくように指先を動かした。

「半分を三人で分けると、一人が一割六分六厘六毛じゃ。二割はないと納得できん」

田五郎は苦笑いをする。

「細けえ爺さん、いや、貧乏神さんだなあ。わかったよ。それで手を打とうじゃねえか。そのかわり、明日からもたっぷりと銭を稼いでくだせえよ」

老人は満足げに鰻を口へと運んだ。

興行七日目、七ツちかくになり、最後の客を入れたときのこと――。

観音扉が開いて、まだ間もないが、老人が小声で囁いた。

「扉を閉めろ。早く閉めるんじゃ」

松吉も囁き返す。

「どうしたんでえ。とにかく財布を投げさせろ」

「いいから、早く扉を閉めてくれ。どうなっても知らんぞ」

扉はすぐに閉められ、その回の拝観は中止となった。興行が跳ねても、老人はその理由を言わなかった。それどころか――。

「わしは今日でやめる」

愕然とする三人。松吉は老人に詰め寄る。

「やめるって、どういうことでえ」

「だ、だから、わしは貧乏神ではないことに気づいたのだ」

「てめえが、どこのだれかを思い出したってことか」

「………」

万造は両手を合わせる。

「だれが何と言おうが、あんたは貧乏神なんだよ。頼むぜ。今さら、そりゃねえだろう。あと三日ありゃ、まだまだ稼げるじゃねえか」

「………」

「なんとか言いやがれ」

「なんと言われようと、わしはやめる。貧乏神に二言はない」

老人はきっぱりと言った。

島田鉄斎が誠剣塾（せいけんじゅく）での剣術指南を終えて、おけら長屋に戻ると、井戸端にいた男に声をかけられた。

「あ、あの、この長屋に住んでいる方でございますか」

その男はお店者に見えた。年齢からすると手代と思われる。

「そうですが」

浪人の丁寧な口調に、その男は驚いたようだ。

「あの、こちらに、万造さんと松吉さんという方がいると聞いたのですが……」

「確かにおりますが」

その男は、何から話してよいのかわからないようで戸惑っている。鉄斎は、その男を自分の家に招き入れた。

「私は、茅場町にある材木問屋、林屋の手代で勇吉と申します」

「島田鉄斎と申す」

「回向院の境内で貧乏神のご開帳があったのはご存じでしょうか」

もちろん鉄斎は承知しているが、相手の出方がわからないので軽はずみなことは言えない。

「そのようですな」

「ご開帳は一昨日で終わったそうですが、昨日、田五郎小屋に行きまして、いろいろと聞き込みました。貧乏神は亀沢町にある、おけら長屋の万造と松吉って人が連れてきたと……」

万造と松吉がまゆつば貧乏神で儲けた話は、鉄斎の耳にも入っている。訴えでもされたら面倒なことになる。

「さあ……。詳しいことはわかりませんが……。その、貧乏神のご開帳がどうかしたのですか」

勇吉は神妙な表情になった。

「じつは……。ふた月ほど前のことですが……」

勇吉は、林屋の隠居、省吾郎が船の転覆によって行方不明になり、遺体が上がらないまま弔いを済ませた話をした。

「私は一昨日、お得意先の番頭さんに誘われて、田五郎小屋に行ったんです。観音扉が開いて……、暗くてはっきりは見えなかったのですが、貧乏神がどことなく、ご隠居様に似ていたんです」

思わぬ展開に鉄斎の胸はざわめく。

「まさかと思いました。ですが……。一瞬ですが貧乏神と目が合ったんです。貧乏神は慌てて扉を閉めさせました。やはり、あの貧乏神はご隠居様ではないかと思うんです」

鉄斎は老人のことを考えた。老人は記憶を失っていたはずだ。だが、この手代と目が合って扉を閉めさせたということは、自分が林屋の隠居だと知っていることになる。

「お店でその話はされたのですか」

「はい。旦那様も番頭さんも、俄には信じませんでした。ですから、私が調べることにしたのです。ところで、ご隠居様……、い、いや、貧乏神様は、どこにおられるのですか」

おそらく、三祐あたりで万松と呑んでいるのだろうが、鉄斎はそれを言わないことにした。老人が林屋の隠居だとしたら、家に戻りたくない理由があるのかもしれないからだ。

「さあ。わかりません。それでは、私がそれとなく調べてみましょう。また明日にでも来ていただければ……」

勇吉は下を向いた。

「どうかしましたか」

「じつは、旦那様も一緒に来ているのです。両国橋近くの料理屋で待っておいでです」

こうなったら仕方がない。

「わかりました。それでは、その料理屋に私もご一緒しましょう。貧乏神さんの居所にはあてがありますから。ひとつ、お聞きしますが、その省吾郎というご隠居は、身内の方々や、お店の奉公人たちと、その、うまくいっていたのでしょうか」

「はい。息子の喜太郎様が商いを継がれまして、お店は安泰です。ご隠居様は気ままなお暮らしをされておりました。奉公している私が言うのもなんですが、林屋は江戸でも指折りの材木問屋でございます。何ひとつ不自由なことはないと思います。ご隠居様は商いには厳しい方ですが、粋なお方で、お身内の方々や奉公人たちに慕われ、大変に仲良く暮らしておいでした」

鉄斎は心の中で「やはり人違いのようだな」と呟いた。

四

酒場三祐では――。

万造は老人に詰め寄る。

「だからよ、田五郎は興行をあと三日延ばしてもいいと言ってくれてんだぜ。まだまだ稼げるじゃねえか。昨日と今日は風邪（かぜ）を引いて寝込んだってことにしてよ」

「風邪で寝込む貧乏神ってえのもなあ……。親が危篤（きとく）ってえのはどうでえ」

「わははは。この際、理由（わけ）なんざ何だっていいや。なっ、貧乏神さんよ、明日から三日間、頑張ろうじゃねえか」

老人は何も答えない。

「何か理由があるなら言ってくれや。相談に乗ろうじゃねえか」

「そうだぜ。貧乏神さんだって楽しんでたじゃねえか」

老人は酒を舐めるように呑んだ。

「もう、さんざん稼いだだろう。物事は引き際（ぎわ）が肝心（かんじん）じゃ」

「そんなこと言わねえでよ」

老人は黙ってしまった。

「直談判（じかだんぱん）は手詰（てづ）まりのようだな」

万松の二人は振り返る。

「おっ、鉄斎の旦那。なんとか言ってくだせえよ。せっかく、打（う）ち出（で）の小槌（こづち）をつかんだってえのによ」

腰を下ろした鉄斎は、前置きもなく老人に話しかける。

「理由（わけ）は手代の勇吉さんと目が合ったからですかな、林屋省吾郎さん」

老人は俯いていた顔を上げた。

「ど、どうして、わしの……、いや、その……」

老人はごまかそうとするが、時すでに遅しだ。

「まさかと思ったが、やはりそうだったのか」

万造と松吉は顔を見合わせる。

「だ、旦那。そりゃ、どういうことで」

「まるで話がわかりませんぜ」

松吉はお栄が投げた猪口を鉄斎の前に置くと、万造が酒を注いだ。

「こちらの貧乏神さんは、茅場町の材木問屋、林屋のご隠居、省吾郎さんだ」

松吉はしばらく考えてから──。

「茅場町の林屋……、江戸でも指折りの材木問屋じゃねえですか」

万造は大袈裟（おおげさ）にそっくり返ってから──。

「林屋といやあ、先代が一代で築いた大店だ。この、汚（きたね）え爺が、その林屋の隠居だと……」

鉄斎は酒を呑んだ。

「ああ。そうだ。しばらく見張っていてくれるかな。この省吾郎さんが逃げないように」

鉄斎は立ち上がると三祐から出ていく。

「貧乏神さんよ、一体（いってえ）どうなってるんでえ」

省吾郎は何も答えない。鉄斎は二人の男を連れて戻ってきた。上等な着物姿の男は座敷に駆け上がる。

「喜太郎……」

喜太郎は省吾郎の肩をつかんで揺すった。

「お、おとっつぁん。何をしてたんですか。どれだけ捜したと思ってるんですか」

鉄斎は喜太郎の手をつかんで、自分の隣に座らせた。

「喜太郎さん。落ち着いてください」

喜太郎は息を整える。

「申し訳ございません。まずは喜ぶべきことですよね。おとっつぁんが生きてたんですから……」

「あの……」

松吉が小声で割り込んだ。

「おれたちには、まるで〝おつむてんてん〟なんですが、〝どういうことなんですかね」

鉄斎は、勇吉から聞いた話を万造と松吉に話した。万松の二人は驚きを隠せない。

「そんなことがあったんですかい。だが、爺さん、いや、貧乏神さんよ、いや、ご隠居さんは、この勇吉って手代の面を見て、扉を閉めた……」

「つまり、てめえのことを林屋の隠居と知ってて、貧乏神のご開帳をやってたってことじゃねえか」

喜太郎に落ち着けというのも無理な話だ。

「おとっつぁん。どういうことなんですか。こんな汚い格好をして、詐欺まがいの貧乏神のご開帳だなんて。林屋の看板に傷がつくどころか、世間様に対して顔向けができません。なんとか言ってください」

省吾郎は何も答えない。お栄が徳利を運んできた。

「みなさん、お酒でも呑んで話したらいかがですか。もちろん、お代はいただきますけど」

鉄斎は徳利を受け取った。

「お栄ちゃんの言う通りだな。こんなときは酒が役に立つものだ」

万松の二人がみんなに酒を注ぐ。

「さあ、喜太郎さんも勇吉さんも呑んでくだせえ」

「そうでさあ。肩の力を抜きましょうや」

それぞれが、それぞれの思いを静めるように酒を口にした。省吾郎は呑みかけの猪口を置くと、喜太郎と勇吉を見た。

「お前たちに話をしてもわからんだろうがな……」

喜太郎は次の言葉を待った。

「船が転覆して、どれくらいの時間がたったかは知らん。わしは浜辺に打ち上げられていてな、しばらくは記憶を取り戻せなかった。わしは下帯だけの姿だった。海に投げ出されたときに着物を脱ぎ捨てた覚えがある。水を吸ってしまったら身体が重くなって溺れるからな。わしは近くを彷徨った。身体は冷えて、腹は減る。わしの姿はどう見たって、物乞いにしか見えまい」

万造は尋ねる。

「そこはどこだったんですかい」

「江戸にほど近い、下総の浦里という漁師町だ。とりあえずは雨露をしのがなければならない。雑木林の中に祠があってな、そこで凍えながら夜を明かした。朝になって、近くを歩いた。食べ物を見つけなくては死んでしまう。わしは自分がだれかを思い出せなかったから、助けを求めることもできん。その漁村の人たちは、わしを蔑んだ目で見て、関わりを持とうとはしなかった。そりゃそうだろう。汚れた下帯姿で歩いている爺に、言葉をかける者などいるわけがない」

　省吾郎は酒を呑んだ。

「わしは、ここで行き倒れて死ぬのだろうと覚悟した。祠に戻ってしばらくすると、人の気配を感じる。祠の前には五、六歳の女の子が立っていた。継ぎはぎだらけの着物を着てな、いかにも貧しい家の子供に見えた。その子は、少し近づいてくると、両手で大切そうに持っていた包みを、わしの前に置いて、後退り（あとずさ）をする。その包みを開くと、握り飯が二つ入っていた。わしはその握り飯をむさぼるように食べた。美味かった。麦ばかり入った塩味の握り飯が、こんなに美味いとは……。そのとき、私は子供のころのことを思い出した。あの女の子と同じくらいのころだ」

　省吾郎が生まれた家は貧しかった。流山（ながれやま）の小作人（こさくにん）で、物心がついたころから食うや食わずの暮らしが続いた。

　省吾郎が五歳のとき、母親に手を引かれて歩いていると、道端（みちばた）には痩せ細った物乞いの老婆が座り込んでいた。母親は省吾郎に「目を合わせてはいけない」と言った。

前に差しかかると、老婆は「お恵みを、お恵みを」と言って手を合わせる。母親は立ち止まろうとする省吾郎の手を強く引いて、省吾郎に小声で言った。

「恵むものなんか何もありゃしないよ。あたしたちだって、あの婆さんと同じようなもんだからね」

振り返ったときに見た老婆の悲しそうな表情(かお)は、省吾郎の心にいつまでも残った。その後、老婆がどうなったかは知らない。

省吾郎は十歳のときに木場(きば)にある材木問屋に丁稚奉公し、二十二歳のときに茅場町にある林屋の養子となった。奉公人もいない小さな材木店だったが、省吾郎は死に物狂いで働いた。

店は次第に大きくなり、あの老婆のことを思い出すことも少なくなった。仕事がうまく運び、奉公人も増え、大店と呼ばれるようになってからは、老婆のことなどすっかり忘れていた。

「そんな老婆との出来事を思い出すと、自分のこともはっきりしてきた。自分は林屋の隠居だとな。だが、わしはそこから動く気にはなれなかった。その女の子の名は、お恭（きょう）といってな。次の日も食べ物を持ってきてくれた。わしが思うに、それは女の子の食べ物だったのだろう。気になって、わしはお恭の後を尾行（つけ）た。お恭は海岸べりの粗末な掘立（ほったて）小屋に住んでいた。小屋から出てきたお恭と、お恭の父親に見つかってしまってな。父親はわしの方に歩いてきた。わしは両手をついて頭を下げた。育ち盛りの娘の大切な飯を食ってしまったのだからな。殴（なぐ）られても蹴られても文句は言えん。ところが、父親はボロ切れのような着物をお恭に渡すと、お恭はその着物をわしの前に置いた。下帯だけのわしに着物を恵んでくれたのだ。父親とお恭は何も言わずに背を向けて去っていった」

省吾郎は目頭（めがしら）をおさえた。

「涙が止まらなかった。人の情けというものは、こんなにも温かいものだったのか。ありがたくて、嬉しくて涙が止まらなかった。そのとき、あの老婆の顔が浮かんだ。あの悲しそうな老婆の顔が……」

一同は引き込まれるように、省吾郎の話を聞いている。

「貧乏な小作人の倅（せがれ）だったわしは、奉公先で一生懸命に働き、番頭さんに叱られ、励まされ、林屋の養子となってからも身を粉にして働いた。店は大きくなり、財も成した。だが、人というものは、立身すると本当の感謝を忘れてしまう。商いでは得意先のお客様に頭を下げるが、それは商人の決まり事のようなものだ。十歳で奉公した材木問屋で手代となり、はじめて自らの手で材木を売ることができたとき、わしは、ありがたくて、ありがたくて、心の底から頭を下げた。あのころが堪らなく懐かしくなった」

喜太郎は落ち着いた様子で、省吾郎に尋ねる。

「おとっつぁん。それは、ふた月も前の話ですよね。どうしてすぐに戻ってこなかったんですか」

省吾郎は酒を味わうように呑んだ。

「もっと、もっと、人の心に触れてみたくなったからだ。大店の隠居となったわしには味わうことができない、人々の本当の思いにな。人は、自分よりも貧しい者、自分よりも弱い者に、心の底にある本当の思いをぶつけてしまうものだ」

「だからって、そんな物乞いのような格好をして……」

万造は、省吾郎の猪口に酒を注いだ。

「わかる気がするなあ。あっしらは長屋暮らしの貧乏人で、毎日のように、金がねえ、美味えもんが食いてえなんぞと愚痴をこぼしながら生きてやすけどね、それじゃ、大店の主になりてえかってえと、そうでもねえんで。なあ、松ちゃん」

「違えねえや。こうやって貧乏人同士で暮らしてると、見栄も外聞も要らねえ。本音で暮らしていけるんでさあ。あるのは貧乏人の面目だけでね。だから助け合って生きていくしかねえんですよ。その方が気楽で居心地がいいや。お恭ちゃんが持ってきてくれた握り飯みてえなもんでさあ。塩だけの握り飯が一番美味えんですよ。ねえ、旦那」

「その通りだな」

鉄斎は嬉しそうに頷いた。省吾郎は美味そうに酒を呑んだ。

「わしは、それからも気ままに彷徨った。行き当たりばったりというやつだ。世間というものは奥が深い。白い目で見られ、蔑まれ、石を投げつけられ、でも、助けてくれる人もいる。それが世間というものだ。商いも同じことだがな。このふた月ほど、重くて深い日々を過ごしたことはない。死ぬまで、このままの暮らしを続けてもよいとまで思った。それに、心から楽しいと思えることもあった」

省吾郎は、万造と松吉に目をやった。

「この二人だよ。人というものは、はじめて会った者を値踏みする。武家は自分より身分が上か下か。商人は自分より金を持っているか、いないか。ところが、この万造さんと松吉さんにはそれがない。物乞いだろうが、大店の旦那だろうが、そんなことはどうでもよいのだ。自分たちが儲けるにはどうすればよいか。自分たちが楽しむためにはどうすればよいか。まず、それを考える。じつに痛快ではないか」

万造と松吉は、下を向く。

「嬉しかった。物乞い同然のわしを仲間に入れてくれてな。小銭や食べ物を恵んでくれた人は大勢いたが、仲間に入れてくれたのは、この二人だけだ。それだけじゃない。このわしを貧乏神に仕立てて金を稼ごうというのだから、笑えるではないか」

万造と松吉は、さらに下を向く。

「長年生きてきて、こんなに楽しかったことはない。金のことばかり言うくせに、同じ取り分にしろと言うと、渋々ながらも、すぐに納得してしまうお人好しだ」

万造と松吉の額は床にくっついた。

省吾郎は膝を正した。

「しかし、面白かった。貧乏神を演じて、わしに向かって客が銭を投げる様には、嬉しくて身震いしたからな」

万造と松吉は顔をパッと上げる。

「そんなら、続けましょうや。まだ、三日もあるんだからよ」

「そうだぜ。まだまだ稼げるじゃねえか」

喜太郎は血相を変える。

「冗談じゃありません。まだ貧乏神が林屋の隠居だと気づいた者はいないのです。おとっつぁん、私たちと一緒に帰ってもらいますからね」

そこに飛び込んできたのは田五郎だ。

「大変なことになった。四日後、江戸に着くはずだったヘビ女が、東は方角が悪いってんで、箱根から上方に引き返しちまったそうでえ。このままじゃ、次の興行が打てねえ。なんとしても、貧乏神を続けてもらいてえ。そっちの取り分を二割増やしてもかまわねえからよ」

万松の二人は色めき立つ。

「ほれみろい。潮目（しおめ）が変わりやがったぜ。貧乏神さんよ」

「これはよ、世の中が貧乏神さんを求めてるってことだぜ」

万松の二人は両脇から省吾郎の肩をつかんで揺らす。そこに割り込んできたのが喜太郎と勇吉だ。

「おとっつぁん、帰りますよ。さあ、立ってください」

「ご隠居様。とりあえず、私の着物を着てください」

喜太郎と勇吉が省吾郎の袖をつかんで引っ張ると、万松も負けじと肩のあたりを握りしめる。

「うるせえ。こんな爺を連れて帰ったら、林屋は貧乏神に取り憑かれるぜ」

そこに田五郎も割り込んで、裾（すそ）をつかんだ。

「この爺は金の成る木だ。渡すわけにはいかねえ」

四方八方から引っ張られ、省吾郎の着物は引き裂かれ、省吾郎は下帯だけの姿になった。

鉄斎は呟く。

「よほどこの格好が好きなようだな」

結局、省吾郎は半ば無理矢理、喜太郎に連れていかれた。

翌日――。三祐で万造と松吉が呑んでいると、そこにやってきたのは島田鉄斎だ。鉄斎が腰を下ろすと、万松の二人は膝を正した。

「改まって、どうしたのだ」

「旦那に折り入ってお頼みしてえことがありやして」

「あっしら、貧乏神の一件でロクに仕事をしてねえから、どうにも身動きができねえんで」

話を聞いた鉄斎は、万造と松吉の頼みを受け入れることにした。

「それで本当によいのか」

「あんな話を聞かされちゃ、江戸っ子として黙ってられねえや」

それを後ろの席で聞いていた喬丸が感心する。

「お前さんたちは、ただの貧乏人ではない。立派な清貧(せいひん)だ」

松吉は振り返る。

「なんですかい、その〝せいひん〟ってえのは」

喬丸は笑った。

「清らかで、美しい貧乏ということだ。そうですよね、島田さん」

「その通りですな」

鉄斎は美味そうに酒を呑んだ。

万松の二人はしたり顔になる。

「へへへ。それが、そうでもねえんで。また新しい手立てを考(かんげ)えましてね」

「細工(さいく)は流々(りゅうりゅう)ってやつでさあ」

田五郎小屋で新しく始まった興行が、「大黒天(だいこくてん)ご開帳」だ。貧乏神よりは縁起がよいというので沢山の人々が押し寄せた。ロウソクに灯りが灯され、明かり取りの窓が閉まる。観音開きの扉がゆっくりと開き出した。客たちは大黒天を観ようと、目を凝(こ)らす。

目に入ったのは汚い尻だ。だれかが尻を向けてしゃがんでいる。焦(あせ)った松吉は穴から囁く。

「き、金太。何をやってるんでえ」

「ここは厠じゃねえのか。おいらは、〝拭くの紙〟って言ってたじゃねえか。だから、おいら、ここで糞をする」

「その〝拭くの紙〟じゃねえ。金太、いいから、前を向け、前を……、い、いや、やっぱり、前を向くな。向くんじゃねえ」

大黒天は前を向いた。

「ば、馬鹿野郎。そんなとこをご開帳してどうするんでえ。隠せ。早く隠せ。顔を隠してどうするんでえ。イチモツだ。イチモツを隠せ」

大黒天はイチモツを振り出した。

「そんなところを振ってどうするんでえ。振るのは打ち出の小槌だろ。米俵を担ぐな。米俵の上に座るんだ」

「おいらは大黒天だ。どんな天ぷらだ。おいら、食べたことがないぞ」

万造は頭を抱える。ざわついていた客たちから、怒りの声が上がりだす。

「ふざけるな。銭を返せ」

「あれは、棒手振りの八百屋じゃねえか」

「田五郎はどこでえ。とっ捕まえて銭をふんだくれ」

小屋の中は大騒ぎになった。


そのころ、鉄斎は磯の香りが心地よい浜辺を歩いていた。網の手入れをする漁師の横には女の子が立っている。

「すまんが、尋ねたいことがある」

浪人姿とはいえ、武家などは滅多に訪れない場所だ。

「な、何でござえますか」

「この子の名前は〝お恭〟というのではないか」

漁師は女の子を抱き寄せた。

「そ、そうですが……。この子が何か悪さでも……」

鉄斎は女の子の前でしゃがんだ。

「お恭ちゃんかい」

女の子は頷いた。

「お恭ちゃんは、祠にいたお爺さんに握り飯をあげたことがあるかい」

女の子は頷いた。鉄斎は漁師に——。

「あなたは、その人に着物をあげましたね」

「へ、へい……」

鉄斎は懐から小さな紙包みを出して、女の子に握らせた。

「これは、そのお爺さんからのお礼だ」

女の子が紙を開くと、そこには小判が六枚入っている。漁師には見たこともない大金だ。

「こ、これは、どういうことでごぜえますか」

鉄斎は鼻の頭を掻いた。

「あなたたちが助けてあげたお爺さんは、福の神だったということです」

立ち上がった鉄斎の目には、どこまでも続く白波が眩しく映った。

本所おけら長屋（十六）　その四

あいぞめ

一

堀留町にある妙連寺の境内――。

お佐和と宗助は俯いたままで、聞こえてくるのは風が揺らす樹々の音だけだ。

お佐和は顔を上げた。

「やっぱり言っておけばよかった。私たちのこと……」

宗助は俯いたままだ。

「言っても反対されたに決まってるよ。私はまだ手代の身で、半人前なんだから……。でもこうなったからには、言うしかないよ。お佐和ちゃんのことを思う気持ちはだれにも負けない。どんなに反対されたって、私たちが諦めなければ、きっと認めてくれるさ」

お佐和の頬に涙が流れた。

「私だって宗助さんと同じ気持ちだよ。でも、あんなに嬉しそうにしてる、おとっつぁんとおっかさんの顔を見たら、とても言えないよ」

「それじゃ、私たちはどうなるんだよ」

「だから、こんなに苦しんでるんじゃないの」

宗助は少し意地の悪い表情になった。

「お佐和ちゃん、本当は喜んでるんじゃないのかい。だって、相手は大店の跡取り息子だもんな。それで、お佐和ちゃんが幸せになれるなら……」

お佐和は宗助を睨んだ。

「やめて。お願いだから、そんな言い方はしないで」

宗助は黙った。

「お稽古の友だちも、私のことを白い目で見るようになった……」

「お稽古って、お花のかい」

お佐和は頷く。

「器量だってよくないし、家だって小さなお店なのに、お佐和ちゃんがどうしてって。私には迷惑な話なのに、みんなが私に近寄らなくなった」

お佐和は、十日ほど前のことを思い出した。

お佐和が通っている生花（いけばな）の稽古場（けいこば）は亀井町（かめいちょう）にある。その日、稽古場には七人の生徒がいた。みな、お佐和の家よりは大きな店の娘で、お佐和から見れば美しい娘ばかりだ。お師匠（ししょう）さんが席を外（はず）しているのをいいことに、娘たちは無駄話を始める。

「ねえねえ。今、奥のお座敷（ざしき）に来ているのは、藍美屋（あいびや）の若旦那（わかだんな）だって」

娘たちは大きな声を出しそうになって、口をおさえる。

「しーっ。春之助（はるのすけ）様が……」

「素敵よねえ。背は高いし、鼻筋（はなすじ）は通って。様子がいいって、ああいう男（ひと）のことをいうんだわ」

「それで大店の跡取り息子だなんて、もう……。ああ。私をお嫁さんにしてくれないかなあ」

「無理無理」

「はっきり言ってくれるわねえ」

「それに、よ組の小頭に認められて、火消も手伝ってるんですって。正月の出初式では梯子の上に乗ってさ。本物の火消よりも様になってたんだから」

娘たちはうっとりしている。お佐和は春之助を何度か見かけたことがあるが、しょせんは他人事だと思い、娘たちの話を聞いているだけだ。

廊下から足音が聞こえる。

「若旦那。この先がお花のお稽古場なんですのよ」

「そうですか。ちょっと覗いてみたいなあ」

「どうぞ、どうぞ」

娘たちは姿勢を正し、襟元を直す。お師匠さんと春之助が部屋に入ってきた。

「うわあ。きれいだなあ」

「そうでしょう。この部屋は花が溢れてますからね」

「いや、花じゃないですよ。美しい娘さんたちがたくさんいらっしゃって」

「まあ、若旦那、相変わらずお上手ですこと」

お師匠さんが笑いながら、春之助の腕を叩く。その馴れ馴れしさに、春之助は顔をしかめた。お佐和にはそう見えた。

娘たちは、微笑んだり、真剣な眼差しで花を挿したり、それぞれの手立てで自らを売り込む。しばらく娘たちの稽古場を眺めていた春之助だが、ゆっくりとお佐和に近づいた。

「あなたは、下村屋さんのお嬢さんで、確か……、お佐和さんでしたよね」

「えっ、ええ……」

春之助は、お佐和の横に座った。娘たちの目が一斉に向く。春之助はお佐和が活けている花を見つめた。

「美しいなあ。派手さはないけど、岩間にひっそりと咲いている小さな花のように見える。私はそんな花が好きだなあ」

娘たちは驚いて手を止めた。それは、花にではなく、お佐和に向かって投げかけた言葉のようにも聞こえたからだ。

「浅草御門の近くで、転んだ女の子を助け起こしているところを見かけましたよ。お佐和さんは控えめだけど、優しい娘さんなんですね」

驚いていた娘たちの目は、妬みの色に変わった。

藍美屋から、〝お佐和を春之助の嫁にほしい〟と、下村屋に申し入れがあったのは、その三日後のことであった。

主の幸右衛門の供をして、少し後ろを歩く宗助。頭にはお佐和の悲しそうな顔が浮かぶ。

「宗助。宗助……」

「……。えっ、な、何でございますか」

幸右衛門は立ち止まった。

「お前、どうかしたのかい。このところ様子がおかしいですよ」

宗助は作り笑いを浮かべる。

「べ、べつに、どうもしませんが……」

幸右衛門は、宗助の顔を見つめた。

「そこの茶店で休んでいこう。お茶と団子を頼んでおくれ」

二人は赤い毛氈の敷いてある縁台に腰を下ろした。

「私はお前が十歳で丁稚に入ったときから、ずっと面倒をみてきたんです。お前のことは手に取るようにわかるんですよ。悩みがあるのなら、至三郎には黙っていてやるから、言ってごらん」

宗助は俯いたままだ。お茶と団子が運ばれてきた。

「まあいい。団子を食べなさい」

宗助は俯いたまま――。

「本当に、番頭さんには黙っていてくださいますか」

松下屋の主、幸右衛門は酔狂で話のわかる人物だが、番頭の至三郎は宗助にとっては、鬼とも言える人物だ。

「ああ。約束する。もしかして……、こ、これか」

幸右衛門は小指を立てた。宗助の顔に赤みが差した。

幸右衛門の表情は緩む。

「図星か。そうか、女か。まだ子供だと思っていたが、宗助が女とは……。そうかい。わはははは。女とはなあ……。わはははは。い、いや……」

幸右衛門は咳払いをすると真顔に戻った。

宗助は孤児だった。松下屋の菩提寺で育てられていたが、宗助が十歳のときに幸右衛門が引き取り、松下屋に奉公させることにした。そんな経緯もあって、幸右衛門は宗助を格別に可愛がった。

「で、相手はどこのだれだ。ま、まさか、玄人女ではあるまいな。それはいかんぞ」

「決してそんなことは……。下村屋さんの娘さんです」

幸右衛門は、しばらく考えてから——。

「岩本町の下村屋さんか。あそこには娘さんが二人いたはずだが」

「じ、次女のお佐和さんです」

「ほう、あの小さいほうのお嬢さんか。優しそうな娘さんだ。なかなか見る目があるじゃないか」

主のからかうような口調に、宗助は顔を真っ赤にして俯く。

「それにしても、いつの間に仲良くなったんだ。無口なお前にそんな器用なことができたのかい」

「お寺にいたときからの幼馴染みで……」

「ああ、下村屋さんもあそこの檀家だったな。そうか、そういうことか」

幸右衛門は満足げに頷く。

「み、見習いに毛の生えたような手代の分際で、色恋などとはとんでもないとはわかっております。しかもお店のお嬢さんという身分違いな……」

「女を好きになるのに、丁稚も、手代も、身分もないわ。それで、そのお佐和という娘のことは、お前の片恋なのか。それとも、向こうも……」

宗助は小さく頷いた。

「お佐和ちゃん……、いや、向こうも私に……」

「そうか。片恋でなくて安心した。だがな、宗助。お前はまだ手代になったばかりだ。……そうだな、あと五、六年もしたら所帯を持てるように、わしが取り計らってやろう。下村屋さんにも私から話そう。お互いの気持ちが確かなら、それくらいは辛抱できるはずだ。至三郎の目を盗んで逢い引きくらいはしてもよいがな。そうだ。わしと出かけたときにすればよい。わははは。万事、わしに任せておきなさい。とにかく今は、商いに励むことだ」

宗助は、また俯いた。

「ご心配をおかけして申し訳ございません。旦那様のおっしゃる通りでございます。今は一生懸命に奉公させていただきたいと思います」

その下村屋の娘に、松下屋の大得意先である藍美屋の跡取り息子から、縁談の話がきたなどとは、とても言えない宗助だった。

お満はいつものように処方した薬を差し出した。

「はい、いつもと同じ薬。お萩さんの調子がよさそうだったら……」

お佐和はどこか上の空で、曖昧に頷いている。

「お佐和ちゃん……。お佐和ちゃんってば」

「えっ」

「えっ、じゃないよ。ぜんぜん私の話を聞いてないでしょ」

お佐和は薬の袋を受け取った。

「そ、そんなことはないよ」

「聖庵先生もいないし、今日はこれで終わりだから、一緒にお饅頭でも食べようよ」

お満は茶を淹れる。

「お佐和ちゃん。どうかしたの?」

「べつに……」

お満は皿にのせた饅頭を差し出した。

「へえー、そうかなあ。今日はまだ一度も笑わないし、伊勢屋（いせや）の饅頭にも手を出さない。いつもなら、私が差し出す前に手を伸ばすくせに」

お佐和は黙って俯いた。

「何か悩みがあるんでしょ。話してごらんよ。私に関わりのない話だったら差し障（さわ）りはないじゃない。気が楽になるかもしれないよ」

お佐和の母親、お萩は心（しん）の臓（ぞう）の持病があり、月に一度、お佐和が聖庵堂に薬を取りに来る。お佐和はお満より四つ年下で、お満は妹のように思っている。

お佐和は意を決したように顔を上げた。

「夫婦（めおと）になろうと約束した男（ひと）がいるの」

お満は饅頭を持った手を止めた。

「そ、そうなんだ。ぜんぜん知らなかったよ」

お満にとって、お佐和は幼さが残る妹だ。そんなお佐和が、すっかり大人の顔をしているのが微笑ましい。

お満は、嬉しそうな表情になるのを堪えた。お佐和の様子から察するに、二人にとって何かよくないことが起きているのは間違いない。

「横山町にある生地問屋、松下屋さんの手代で宗助っていうの」

「生地問屋っていうと……」

「ええ。うちと同じような商いをしてるの。私たちは、宗助さんが所帯を持てる立場になったら夫婦になるつもりだった。でも……」

お佐和は茶で口を湿らせた。

「私に縁談の話がきて……。紺屋町にある藍染問屋の藍美屋さんって知ってる？」

「藍美屋さん……。もちろん知ってるわ。藍染って言ったら、藍美屋さんだもん」

「その藍美屋さんの若旦那、春之助さんが、私を嫁にほしいと申し入れてきたの」

これには、お満も驚いた。確かに、お佐和は気立てのよい娘だ。だが、器量好しとは言えない。それに藍美屋と下村屋では格が違いすぎる。さらに、藍美屋の若旦那、春之助と言えば、日本橋、茅場町界隈での〝若旦那男前番付〟で大関に名を連ねている色男だったはずだ。

「へえ〜。月並みの娘さんだったら飛び上がって喜ぶ話だけど、お佐和ちゃんには他に好いた男がいる……。そのことを正直に言って、断るわけにはいかないの？」

　お佐和はまた俯いた。

「下村屋は藍美屋さんに生地を入れさせていただいてるのよ。下村屋の売り上げの七割は、藍美屋さんなの。藍美屋さんが仕入れてくれなければ、下村屋の商いは成り立たない。だから、おとっつぁんとおっかさんは、この話がきたときには飛び上がって喜んでね。お姉ちゃんもお義兄さんも大喜び。もちろん、下村屋のことだけを考えて、喜んでいるんじゃないのよ。私の幸せを考えてくれているから。大店に嫁げて、若い娘さんたち憧れの春之助さんと一緒になれるんだから。そんな、みんなの顔を見ていたら、言い出せないよ。好きな男がいるなんて」

「お佐和ちゃんに好きな男がいるってことは、だれも知らないの？」

　お佐和は目頭をおさえた。

「それに、宗助さんが奉公してる松下屋さんも、藍美屋さんに生地を卸してるの」

「うまくいかないもんだね、世の中っていうのは。それを世の中っていうのかもしれないけど」

お染が口にしそうな台詞が出てきたことに、お満は驚いた。

「どうして私なんかを嫁にだなんて。それに……」

お佐和はまた俯いた。

「お花の生徒さんたちの耳にも入ったみたいで、だれも口を聞いてくれなくなっちゃった」

「女の嫉妬ってやつね」

「その気持ちもわかる。私だって不思議なんだもん。なんで、こんなことになってしまったのか……。きっぱりと断りたい。でも、大喜びしている、おとっつぁんや、おっかさんや、姉さんの顔を見ると、やっぱり、なかなか言い出せなくて……。それに、私が断ったら、下村屋はどうなってしまうのか」

お満は茶を啜った。

「あちらを立てれば、こちらが立たずか……。ごめんね。お佐和ちゃんに、気が楽になるから話してごらんよ、なんて言ったくせに、何にも思いつかないよ」

お満の頭にはお染の顔が浮かんだ。お染なら、こんなときどんな言葉をかけるのだろうか。そして万造（まんぞう）なら、どんな手立てを思いつくのだろうか。

「でもね。私は、お佐和ちゃんに自分の信じる道を進んでもらいたい。お佐和ちゃんが幸せになれば、お佐和ちゃんの周りの人たちも必ず幸せになれる。私はそう思う。だって、お佐和ちゃんの両親（ふたおや）だって、お姉さんだって、お佐和ちゃんには幸せになってほしいと願っているはずだから」

お満は一度、言葉を切った。

「私が気になるのは、藍美屋の若旦那、春之助って人のこと。お佐和ちゃんと親しかったわけじゃないんでしょう」

お佐和は少し厳しい表情（かお）になった。

「ええ。見かけたことはあったけど、話したことはなかった。一度、春之助さんが藍美屋さんの番頭さんと下村屋に来たことがあってね。お茶を出したのは私なんだけど……」

お佐和は口籠（くちご）もった。

「どうしたの？」

「私が可愛がっている猫がね、形相（ぎょうそう）を変えて春之助さんに〝シャー〟って声を上げたの。背中の毛を逆立たせて。人懐っこい猫なのに。それは、縁談の話がある、半年も前の話。猫にはわかっていたのかもしれない。春之助さんは、私のことを苦しめる人だって」

お満は、苦悩するお佐和を見て胸を痛めたが、妙案は何も浮かばなかった。

二

お満は何年ぶりかで振袖を着ている。髪には簪が揺れて、どこから見ても良家のお嬢さんだ。料理屋の仲居がゆっくりと襖を開けた。

「お連れ様がお見えになりましたが、お通ししてよろしゅうございますか」

お満は頷いた。しばらくすると、背の高い男が入ってきた。座敷の上座には座布団が敷いてある。

「どうぞ、そちらにお座りください」

「いえ、私は……」

「どうかお座りください」

男はお満の正面に座った。確かに様子のよい男だ。若い娘たちが騒ぐのも無理はない。

「満と申します」

「お満さんですか。藍美屋の春之助でございます」

春之助はお満のことを値踏みするように見つめてから――。

「お満さんは木田屋さんと関わりのある方なんですか。木田屋さんの大番頭、勘兵衛さんから、内々でこの料理屋に来てほしいと言われまして。木田屋さんからのお話とあらば、従わぬわけにはいきません。私がここに来たことは、だれにも申しておりませんのでご安心ください」

「申し訳ございません。木田屋さんの大番頭さんは、私の遠縁にあたる人で、失礼は承知でお願いをしてしまいました。私は木田屋さんとは何の関わりもございません」

木田屋の大番頭、勘兵衛にそれとなく訊いたところ、何十人もいる木田屋の奉公人が着ている半纏は、藍美屋のものだそうだ。いわば、木田屋は藍美屋の得意先である。自らが、江戸でも五本の指に入る大店、木田屋の娘だと名乗れば話は円滑に進むかもしれない。だが、医者になりたいという己の夢を貫いて木田屋を飛び出したお満である。木田屋の名を使うことはできない。父親の宗右衛門には内緒にしてほしいと言って、大番頭の勘兵衛には頼んでしまったが。

「それで、私にどのような……」

春之助はこのような形で、大店の娘に呼び出されたことが何度もある。娘たちは「私とお付き合いをしてほしい」と切り出す。断ったところで、それが世間に知れることはない。娘たちにとっては恥になることだから、口が裂けても口外することはない。

どことなく余裕のある春之助の表情が、少し鼻についたお満だが、気を取り直して話し出す。

「じつは私……、下村屋のお佐和ちゃんの友だちなんです」

春之助は驚いたようだ。

「お佐和さんの……」

「失礼ながら、春之助さんの人柄についてはいろいろとお伺いしました。商いに熱心で、お店の奉公人たちにも優しく、町内の火消でも奔走されているとか。男前なだけではないと……」

「いやいや、そんなに褒められるような男ではありませんよ」

「ですから、そんな春之助さんの人柄を信じて、お話をさせていただきます。私が春之助さんを呼び出したことは、木田屋の勘兵衛さんの他はだれも知りません。もちろん、お佐和ちゃんもです」

春之助は、思いもよらぬ展開に少し戸惑っているようだ。

「春之助さんは、お佐和ちゃんをお嫁にほしいと申し入れたそうですね」

「そうです」

春之助は照れた様子もなく、きっぱりと言った。

「じつは……。お佐和ちゃんには、好きな男がいるんです。夫婦になろうと誓い合った男です。それを正直に言ってお断りすればよいのですが……」

料理屋の仲居が茶を運んできた。お満はその仲居が出ていくのを待って――。

「お佐和ちゃんは、そんな男がいることをだれにも言っていなかった。だから、お佐和ちゃんの両親は、春之助さんからの話に大喜びなんです。お佐和ちゃんは、そんな両親を目の当たりにして、好きな男がいるって言い出せなくなってしまって……」

春之助は黙って話を聞いている。

「それから、藍美屋さんとの商いのことです。下村屋さんは藍美屋さんなしでは商いが立ち行かないそうです。縁談をお断りして、藍美屋さんの機嫌をそこねたら……。もちろん、春之助さんや、藍美屋さんが、そんな方々でないことはわかっています。でも、お佐和ちゃんにしてみれば、やはり心配なんです。お佐和ちゃんは悩んでいます。見ていて痛々しくなるほどに……。ですから、私が話しに来たんです。本当のことをお話しすれば、きっと春之助さんはわかってくださると信じて……」

お満は両手をついて頭を下げた。

「どうか、どうか、お佐和ちゃんの気持ちを察してあげてください」

お満は心の中で祈りながら、春之助の言葉を待った。

「そんなことになっていたんですか……。それは申し訳ないことをしました」

そのひと言で、お満は自分の心を縛り付けていた鎖が少し解けたような気がした。

「お満さんのお話は、よくわかりました」

お満は顔を上げる。

「おわかりいただけますか」

「わかりました」

春之助はお茶に手を伸ばした。

「お佐和さんと夫婦になろうと誓い合った男(ひと)のこと、お満さんは知ってるんでしょう?」

「え、ええ」

「では、私からもお願いがあります。お佐和さんが好きになった男(ひと)、ちょっと気になるなあ。どんな男か教えてくれませんか」

春之助の表情(かお)から、怒りや妬みは微塵(みじん)も感じられない。お満はそれが嬉しかった。

「松下屋という生地問屋さんの手代です」

「ああ。横山町の松下屋さんですか」

「そうです。それから……。ここは、このお座敷をお借りしただけで、お料理などは出せません。私にはそんなお金がないので。申し訳ありません」

春之助は笑った。

「お気遣いは無用です。それより……」

春之助はお満を見つめた。

「あなたのことが気になります」

お満は、春之助の目線から逃れた。

「お満さんは、優しい人なんですね。友だちが幸せになるために、私を呼び出してこんな話をするなんて。なかなかできることじゃありません。私はその優しさに心を打たれました。ここでお満さんと知り合ったのも何かの縁です。私とお付き合いをしてくれませんか」

突然の切り出しに、お満は戸惑う。

「そんなことを急に言われても……」

「女を好きになるのに、理由や時間などはどうでもよいではありませんか。それに、お満さんとははじめて会った気がしません。お佐和さんに断られた途端にって思うのはわかります。でも、それが私の本当の気持ちなんだから、仕方ありません」

お満には何も答えられない。

「お満さんは、まだ嫁には行っていないのですよね」

お満は頷いた。

「だれか好きな男がいるんですか」

お満は、胸元に入れている赤い御守に優しく触れた。

「います」

「はっきりと答えますね。もう、夫婦になる約束をしてるんですか」

お満は微笑む。

「まだ約束はしていませんし、相手の気持ちもわかりません。でも、生涯を共にするなら、その男しかいないと心に決めています」

「お満さんにそこまで言わせるとは、素晴らしい人なんでしょうね」

お満は吹き出した。

「とんでもない。仕事を怠けて吉原通い。酒や博打にうつつを抜かす。楽して儲けることばかり考える……」

「まるで、遊び人じゃありませんか。どうして、そんな男を好きになったんですか」

「さあ。私にもよくわかりません。春之助さんと同じですよ。男を好きになるのに理由（わけ）なんかありません。でも、ひとつだけ……。その男の心根を知っているからです。何が起こっても、自分がどうなろうとも、必ず私を守ってくれます。口だけじゃないんです。本当に私を守ってくれます。そんな人が近くにいてくれるって幸せなことじゃないですか。私はそう思います」

「羨（うらや）ましい話ですね……。ところで、お満さんはお店の娘さんとお見受けしましたが……」

「今日は、この料理屋さんに来るためにこんな格好をしていますが、医者をしています」

春之助は驚いたようだ。

「い、医者ですか」

「まだ、半人前ですけど……。医者という言葉で思い出しました。七ツ半（午後五時）までに帰らなくてはなりません。本日はお呼びだてして失礼いたしました。勝手申しますが、そろそろ……」

「どちらまでお帰りになるのですか」

「深川の海辺大工町です」

お満は深々と頭を下げると立ち上がった。


数日後。

松井町にある酒場、三祐で呑んでいるのは、万造、松吉、お染、鉄斎の四人である。そこにやってきたのは、お満だ。

「あら、珍しいねえ。あたしたちが邪魔なら、万造さんだけ残して帰りますけど」

お染の軽口など耳に入らない様子のお満は、思いつめた表情で座った。

「どうかしたのかい」

お満は両手で顔を覆うと泣き出した。そして、それは号泣に変わる。

「ど、どうしたんでえ」

お染は、首を小刻みに振って万造を止める。しばらくは、そのままにしておけという合図だ。

お満の号泣が、啜り泣きに変わったころ、お染が、どうでもよいことのように声をかけた。

「で、どうしたんだい。ここに来たってことは、何かを話しに来たんだろ」

お満は鼻を啜った。

「私、とんでもないことをしちゃった。もう、どうすればいいのかわからなくて……」

お満は、お佐和から聞いたこと、そして、春之助に会いに行ったことを、涙を拭(ぬぐ)いながら話した。

「お佐和ちゃんの下村屋さんと、宗助さんが奉公する松下屋さんが、藍美屋さんから出入りを断られたそうです。私のせいです。私があんなことを言いに行かなければ……。松下屋さんまで、とばっちりを受けることなど……」

お満の啜り泣きは、また号泣に変わる。万造は怒りを抑えながら――。

「春之助って野郎は、お満さんの話をわかってくれたんじゃねえのか」

「私もそう思ってた……」

松吉は酒をあおった。

「とんだ野暮天(やぼてん)じゃねえか。女に袖(そで)にされた腹いせに、そんな汚(きたね)え手を使いやがって。男前が聞いて呆れらあ」

お満は息を整える。

「春之助さんの考えだとは決めつけられない。面目を潰されたってことで、藍美屋の主が決めたことかもしれないし……」

「面目って意味を思い違えしてやがる。そんな真似をしたら、もっと大きな面目を失うってことがわからねえのか」

お栄が徳利を運んでくる。

「まあまあ。落ち着いてお酒でも呑んでちょうだい。これは、あたしからだから」

お染はその徳利を受け取った。

「ありがとう。お栄ちゃんの言う通りだよ。それで、下村屋さんと松下屋さんはどうしたんだい」

「まだ、昨日の今日のことなんで、よくわかりません。出入り止めを食らった下村屋さん……、お佐和ちゃんのおとっつぁんが、すぐに藍美屋さんに行ったんですが、門前払いになったそうです。松下屋さんがどうしたかは、まだわかりません」

「お佐和ちゃんには、春之助さんと会ったことを言ってなかったのかい」

お満は頷いた。

「お佐和ちゃんの両親には悪いけど、春之助さんの方から、この話はなかったことにしてほしいって言ってくれれば、丸く収まると思っていたから……。昨日、お佐和ちゃんから、出入り止めの話を聞かされたときは、目の前が真っ暗になりました」

「そのときに、春之助さんに会いに行ったことを、お佐和ちゃんに話したんだね」

お満は、鼻を啜って頷く。

「お佐和ちゃんは泣きながら、私に言ってくれました。お満さんのせいじゃないよ、お満さんがどんな人か知っているのに、あんな相談をしたのが原因なんだからって。そんな、お佐和ちゃんの言葉を聞いたら、もう……、申し訳なくて、情けなくて……」

お満は手拭いで目頭をおさえた。松吉は唇を噛む。

「しかし、厄介なことになりやがったな。その下村屋ってえのは、藍美屋頼みの商いをしてたんだろ。出入り止めを食らって、一家心中なんてことに……、い、痛え」

お栄が、松吉の頭を盆で叩いた。

「やっぱり、おけら長屋のみんなに相談すればよかった。お佐和ちゃんは私の友だちだから、私一人の力でなんとかしようって……。思い上がってたんだわ。だから、こんなことになっちゃった」

お満は万造の半纏の袖をつかんだ。

「ねえ。どうすればいいの。私はどうやって償えばいいの。ねえ。教えてよ、万造さん。ねえ……」

万造は、お満の手を握ると、その手をお満の膝の上に戻した。

「お満さんは間違えちゃいねえ。おれもそんな話を聞いたら、お満さんと同じことをやってる。松ちゃんも、お染さんも、お栄ちゃんも、みんな同じことをやるに決まってらあ。なあ、そうだろ」

松吉も、お染も、お栄も大きく頷いた。

「お満さんが余計なことをしたなんて思ってる奴は、一人もいやしねえよ。だが、ひとつだけ文句を言わせてもらうぜ。お満さん。泣いてる場合じゃねえ。これからどうするかを考えなくちゃならねえ。人は追いつめられたときに真価が問われるんでえ。人としての値打ちがよ。つまり、ここから本当の勝負が始まるってこった」

お満は心の底から思う。こんなときの万造は本当に頼もしい。

「そうですよね、旦那」

鉄斎は手にしていた猪口を置いた。

「万造さんの言う通りだな。お満さんは、おけら長屋に相談すればよかったと言ったが、木田屋の名前も出さなかった。どうだろう、木田屋を飛び出した身としては辛いだろうが、ここは宗右衛門さんに甘えてみては。木田屋宗右衛門が出てくれば、藍美屋も、下村屋や松下屋に対して無体なことをできまい。日本橋界隈の大店をすべて敵にまわすことになるからな」

「そいつはできねえ」

万造が静かに言った。

「てめえが木田屋宗右衛門の娘だと名乗りゃ、はじめから話はまとまってたんでえ。それくれえのことは、お満さんだってわかってたんでさあ。おれは、その心意気を認めてやりてえ。下村屋と松下屋が、藍美屋から出入り止めを食らったことを知ったお満さんは、木田屋には行かず、まず、おけら長屋に来た。嬉しいじゃねえか。お満さんが、おけら長屋を頼りにしてくれてるんですぜ。江戸で五本の指に入る木田屋よりも、貧乏人ばかりが住む、おけら長屋の連中を頼りにしてくれたんですぜ。ここで引っ込んだら、おけら長屋の面目が立たねえや」

「乗ったぜ」

松吉が空（から）の猪口を持ち上げた。

お染も猪口を上げる。お栄は店主の晋助（しんすけ）が投げた猪口を受け取った。

「あたしも乗ったよ」

「あたしも仲間に入れてよね」

鉄斎がそれぞれの猪口に酒を注（つ）ぐ。

「だが、容易（たやす）い話ではないぞ」

万造も猪口を差し出した。

「心配（しんぺえ）ねえですよ。お満さんには、おけら長屋よりも、木田屋よりも強え（つえ）味方がついてらあ。お天道(てんと)様ってやつでえ。お満さんは何にも間違(まちげ)えちゃいねえ。そんなお満さんをお天道様が見放すわけがねえや。なあ、松ちゃん」

「その通りでえ。芝居(しべえ)を観(み)てみなよ。辛(つれ)えことや、悲しいことが次々に起こって、はらはらさせて、そんでもって最後には丸く収まって、幕引きになると相場が決まってるんでえ」

一同が猪口を合わせた。万造は口に運びかけていた猪口を止めた。

「藍美屋から出入り止めを食らったとはいえ、下村屋も松下屋も、すぐにどうこうってことはねえだろう。お満さんよ、お佐和ちゃんに言ってくれ。必ず何とかするから、早まったことだけはするなと。しばらくは我慢してくれと。それから、それを、宗助って手代にも伝えてほしいってな」

お満はまた涙を流したが、それは今までとは違う涙のようだった。

三

横山町にある松下屋では、主の幸右衛門と番頭の至三郎が、膝を突き合わせていた。

「出入り止めになった理由だが、まるで心当たりがないというのかい」

至三郎はうなだれている。

「はい。藍美屋さんの旦那様は気難しいお方で、これまでもご機嫌をそこねて出入りを止められた店があると聞いております。なので、品物は何度も確かめてから、間違いのないものを納めておりますし、手代にも粗相（そそう）のないように、日ごろから厳しく申し伝えてあります。私もその理由をお訊きするために、お伺いしましたが、番頭さんにすら、会うことはできませんでした」

幸右衛門は唸る。

「うーん……。藍美屋さんの売り上げがなくなれば、うちの商いは成り立たぬなあ……」

襖の外から声がした。

「旦那様。宗助でございます」

「宗助かい。ちょっと込み入った話があってな。後にしてくれるかい」

「藍美屋さんのことで、お話がございます」

幸右衛門は至三郎の顔を見て、苦笑(にがわら)いを浮かべる。

「どうやら、奉公人たちの耳にも入ったようだな。宗助、お入りなさい」

宗助は座敷に入ると、隅(すみ)でかしこまった。

「お前たちが店のことを我が事のように考えてくれるのは、本当にありがたい……」

幸右衛門の言葉が終わるのを待たずに、宗助は両手をついた。

「藍美屋さんから出入り止めにされたのは、私のせいなのでございます」

幸右衛門と至三郎は、顔を見合わせた。

「そ、それは、どういうことだい」

宗助はお佐和とのこと、そして昨日、お佐和から聞いたことをすべて話した。

幸右衛門はしばらく考えてから――。

「つまり、下村屋さんは藍美屋の若旦那との縁談を断ったことで、藍美屋から出入りを止められ、その縁談を断った原因(もと)は松下屋の手代、宗助だということで、うちも出入りを止められたというのかい」

「それしか考えられません。も、申し訳ございません」

宗助は額(ひたい)を畳(たたみ)に擦(こす)りつけた。番頭の至三郎は、宗助の近くに寄る。

「馬鹿者〜。仕事に身を入れず、手代の分際で女にうつつを抜かしているから、こんなことになるのだ。お前のせいで、この松下屋は看板を下ろすことになるかもしれんのだぞ」

宗助の身は縮み上がった。至三郎は肩をすくめて——。

「……などと、私が言える立場ではありませんな、旦那様」

幸右衛門は笑った。

「至三郎は番頭になりたてのころ、吉原の女とひと悶着起こして、大騒ぎになってな。話をつけるのに十両もかかったわ」

「面目次第もございません」

幸右衛門はさらに大きな声で笑った。

「宗助。気にするな。お前が悪いわけじゃない。真面目一辺倒の堅蔵では、ロクな商人にはなれん。酒の呑み方を覚え、女の怖さや情を知って、男としても、商人としても一人前になっていくんだ。人の道は深いということだ。そうですね、番頭さん」

至三郎は大きく頷いた。

「旦那様のおっしゃる通りでございます。私は旦那様の言葉を聞いて、腹を決めました。あんな藍美屋なんか、こちらから切り捨ててやろうじゃありませんか。松下屋には松下屋の意地ってもんがあります。みんなで力を合わせれば、なんとかなります。旦那様がいつも言われているように、こけたら立ち上がればいいんです。道はひらけます」

幸右衛門は背筋を伸ばした。

「よし。私も昔を思い出して、新規の店を回ってみよう。必ず新しいお得意様を見つけられるはずだ。宗助。お満さんという人を恨んではいけませんよ。むしろ感謝しなくてはいけません。お前たちを思ってやってくださったことなのですから。それから、お佐和さんのことも諦めてはいけません。自分たちが正しかったことの証として、立派な商人になり、お佐和さんを幸せにしてあげなさい」

宗助の目からは涙が溢れ出る。

「この松下屋で奉公させていただける私は、幸せ者です。旦那様や番頭さんの下で働ける私ほど、幸せな者はおりません。ありがとうございます。ありがとうございます……」

宗助は再び、額を畳に擦りつけた。

三祐で万造、お染、鉄斎が呑んでいると、息を切らして入ってきたのは松吉だ。

「どうでえ。何かつかめたか」

松吉はお栄が投げた猪口を受け取り、その猪口にお染が酒を注ぐ。よほど喉が渇いていたのか、松吉はその酒をあおった。

「どうやら、出入り止めを指図したのは藍美屋の主らしいぜ」

今度は万造が酒を注ごうとするが、松吉はお栄に猪口を投げ返す。

「藍美屋の近所で聞き込んできたのよ。人の口に戸は立てられねえってえが、みんなよく知ってるぜ」

お栄が投げた湯飲み茶碗を、松吉が受け取り、そこに万造が酒を注ぐ。

「藍美屋の主、つまり、春之助の父親は、下村屋のお佐和ちゃんを嫁にもらうことに反対だったそうだ。下村屋は格下の店だし、いわば藍美屋の下請けみてえなもんだ。申し訳ねえが、お佐和ちゃんは器量好しってわけでもねえ。だが、春之助がどうしてもって言うんで、渋々認めたそうだ。そのお佐和ちゃんに好きな男がいて、断られたとあっちゃ、藍美屋の面目は丸潰れだ。怒りの矛先が下村屋と松下屋に向いたってわけよ」

お染は憤慨する。

「逆恨みじゃないか。春之助っていうのは、だらしがないんだねえ。嫁をもらうのは自分だろう。父親を諫めることはできなかったのかい」

「藍美屋の主ってえのは、威張りくさっていて、春之助も奉公人たちも逆らうことはできねえそうだ」

松吉は湯飲み茶碗を置いた。

「と、まあ、ここまでは聞き込んだが、肝心の下村屋と松下屋の出入り止めを解く手立てが浮かばねえ」

一同はうなだれた。

「春之助で思い出したけど、春助さんはどうしてるんだろうね」

お栄のひと言に、万造の片眉が動く。

「春助……」

「読売(よみうり)の春助さんだよ。藍美屋の主を悪者にしてさ、この一件を読売で書いてもらったらどうなるかなと思ってさ」

「そりゃ、判官贔屓(ほうがんびいき)の江戸っ子たちが見過ごすわけがねえだろう……な……」

万造と松吉は同時に大声を上げる。

「それだ～」

相生町(あいおいちょう)の二ツ目(ふため)長屋に住む春助は、読売を生業(なりわい)にしている。

「読売」は、巷(ちまた)で話題の出来事などを木版(もくはん)で摺(す)ったものだ。町なかで読みながら販売したため「読売」と呼ばれ、同時に売り歩く者も「読売」と呼んだ。

春助は、商家や武家(ぶけ)の内儀(ないぎ)の不貞(ふてい)行為などを暴いて悶着(もんちゃく)を起こしていたが、おけら長屋と出会って、今では心を入れ替えている。

一同は膝を突き合わすと、声を落として何やら密談を始めた。

「他に客なんていやしないのに……」

お栄は盆で顔を扇(あお)ぎながら呟(つぶや)いた。

「おう、春助。入るぜ。おめえに頼みてえことがある」

春助は木版に文字を彫っている最中だ。

「万造さん。いきなり引き戸を開けて入ってきやしたけどね、元気かとか、景気はどうでえとか、そんなことを言うつもりはねえんですかい」

「江戸っ子てえのは気が短えんだ。まどろっこしいことをほざいてたら、陽が暮れちまわあ」

万造は春助の前で胡坐をかいた。

「それで、頼みってえのは何ですかい」

「ちょいと貸してもらいてえんだよ」

春助は腹掛けに手を突っ込むと、万造の前に小銭を放った。

「持ってってくんな。釣りは要らねえよ」

「ふざけるねえ。おれは物乞いじゃねえ」

万造はその小銭を拾い集める。

「釣りは要らねえが、聞いて呆れらあ。八文しかねえ。飴玉ふたつしか買えねえや」

万造はその銭を懐にしまった。

「し、しまってるじゃねえか」

「ま、細けえことは気にするねえ。貸してくれってえのは銭じゃねえ」

「他に貸すもんなんかねえですよ」

「おめえの腕を借りてえのよ」

万造は藍美屋の一件を話した。

「面白え話じゃねえですか。あっしにそのネタを売ってくれやせんか。なんなら、その八文で……」

「ふざけるねえ。本当に読売をばら撒いちまったら、角が立つじゃねえか。下村屋と松下屋は、藍美屋と縁が切れちまう。だから、そうならねえような手配りを考えねえとな」

「なるほどねえ……」

「読売ってえのは、文字を彫る前に下書きをするんだろう。おめえに、その下書きを書いてほしいのよ。本物じゃねえと脅しが効かねえ。頼むぜ」

「下書きくれえなら、そんなに手間はかからねえが……。まさか、タダってわけじゃねえでしょうね」

「当たり前(めえ)だ。銭なら用意してある」

万造は懐から八文を取り出すと、春助の前に置いた。

「仕方ねえ。おけら長屋には世話になりやしたから。この八文で引き受けやしょう」

「おめえも洒落(しゃれ)がわかるようになったじゃねえか」

万造と春助はニヤリとした。


藍美屋の主、富七郎(とみしちろう)と番頭の常蔵(つねぞう)は、一枚の書面を前にして顔をしかめている。

「旦那様、こんな読売が世間に出回ったら、大変なことになります。藍美屋は江戸中から目の敵(かたき)にされますよ」

富七郎は強気な表情(かお)を崩さないが、唇はかすかに震(ふる)えている。

「読売などというものは、面白おかしく作り話を書き並べるものだ。それくらいのことはわかっているはずだろう」

「で、ですが、ここに書いてあることは、本当のことばかりで……、い、いや、その、とにかく、なんとしても、この読売が市中に出回らないようにしなければ……」

数刻前、藍美屋の主宛てに文が届いた。封を開けると、中には下書きと思われる読売が入っていた。そこに太字で書かれた見出しが目に入る。

《江戸商人の面汚し。藍美屋の弱いものいじめ》
《いちゃもんをつけて、出入り止め》
《さあどうする、苦境に追い込まれた下村屋と松下屋》
《藍美屋を許すまじ》

読売には藍美屋の跡取り息子、春之助が下村屋のお佐和を嫁にほしいと申し入れたが、お佐和には好いた男がいたこと、その男が松下屋の手代であったこと、それに腹を立てた藍美屋が、下村屋と松下屋を出入り止めにしたことなどが、事細かに書かれている。

そして、読売の下書きには文が添えてあった。

《この読売について話があり、明日、お伺いさせていただきます》

常蔵は怪訝な表情をする。

「強請りたかりではないでしょうか。この読売をネタに金を脅し取るつもりなのでは……」

「そのときは奉行所に訴え出ればよい。こちらに非はないのだからな」

そして翌日、藍美屋にやってきたのは、お染と鉄斎だ。応対するのは富七郎と常蔵だ。

「亀沢町のおけら長屋に住む浪人、島田鉄斎と申す。こちらは同じ長屋に住む、お染さんです。さて、読売は読んでいただけましたかな」

富七郎は強気な面構えだ。

「強請りたかりの類なら、役人を呼ぶ手はずになっております」

鉄斎とお染は驚く。

「とんでもない。私たちは相談に来たのです。思い違いをされているようなので、とりあえず、私たちの話を聞いてください」

鉄斎はお染を促した。

「私は、下村屋のお佐和ちゃんと知り合いなんです。藍美屋さんとの経緯はお佐和ちゃんから聞いていました。お佐和ちゃんが縁談をお断りしたことで、下村屋さんが出入り止めとなり、お佐和ちゃんは心を痛めています。どうにかして藍美屋さんに許していただき、以前のように品物を納めさせていただきたいと願っているのです」

鉄斎は頷いた。

「私の知り合いに春助という読売がいます。どこからか、この騒動のことを聞きつけたらしく、読売にするため、いろいろと聞き回っていたようです。そして春助は、私にこの読売の下書きを見せました。春助は、木版にする前に誤字などがないか、私に下書きを見せに来るのです。下書きを読んで驚きました。お染さんから、お佐和さんのことを聞いていたからです。私は読売のことをお染さんに話しました」

打ち合わせ通りに、お染が引き継ぐ。

「こんな読売が世に出てしまったら、下村屋さんは藍美屋さんと関わりを持つことができなくなります。下村屋さんは藍美屋さんと商いをさせていただきたいのです。それは、松下屋さんも同じだと思います」

鉄斎が引き継ぐ。

「問題は読売の春助です。ここまで調べ上げたことを無駄にするのは、読売として断腸(だんちょう)の思いでしょう。春助は私にこう言いました」

《あっしは人様(ひとさま)を不幸にしようと思って読売を書いてるんじゃねえ。理不尽(りふじん)な世の中が許せねえから書いてるんでさあ。藍美屋が何もなかったことにして、今まで通りに下村屋と松下屋と商いを続けるってえなら、この読売はお蔵入(くらい)りさせてもかまわねえ。だが、このままだってえなら、あっしはこの読売を出す。それから、今度のことを恨みに思って下村屋や松下屋、いや、それだけじゃねえ、てめえより立場の弱(よえ)え店を邪険(じゃけん)にしやがったら許さねえ。読売を舐(な)めてもらっちゃ困りますぜ》

「ということです。どうされるかは藍美屋さん次第ということですな」

鉄斎が前日に読売の下書きを送ったのには理由(わけ)がある。この読売が世間に出回ったらどうなるか、冷静に考える時間(とき)を藍美屋に与えるためだ。商人ならそれくらいの損得(そんとく)の勘定(かんじょう)はすぐにできるはずだ。

番頭の常蔵は富七郎に、にじり寄る。

「このお二人は、藍美屋のことも考えた上で、おっしゃってくださっているのでございますよ。旦那様……」

鉄斎は追い打ちをかける。

「藍美屋さんにも面目があるでしょう。下村屋さんや松下屋さんに謝れと言っているわけではありません。何もなかったことにしてほしいとお願いしているのです。それを呑んでくださるのなら、読売の春助は私が説得します。最後は藍美屋さんの考えひとつです。お染さんには申し訳ないが、私はどちらでもかまいません」

富七郎は立ち上がった。

「この件は、番頭の常蔵に任せます」

富七郎は座敷から出ていった。精一杯の強がりなのだろう。番頭の常蔵は、鉄斎とお染に対して深々と頭を下げた。

四

往診の帰り、お満は声をかけられて振り返る。

「春之助さん……」

春之助は神妙な表情をしている。

「聖庵堂にお伺いするところでした。どうしても、お佐和さん、宗助さん、お満さんに謝りたくて……」

今まで通りに藍美屋と商いができることになったとお佐和から聞いて、お満が胸を撫で下ろしたのは一昨日のことだ。

「このすぐ近くに知り合いの料理屋がありまして、お佐和さんと宗助さんにも来てもらっています。今はうちの番頭がお相手をしています。お佐和さんから聖庵堂の場所を聞いて、私がお迎えに行くところだったのです。ほんの四半刻（三十分）で結構ですから、お満さんも顔を出していただけませんか」

春之助にも言いたいことがあるのだろう。

「ええ……。でも一度、聖庵堂に戻らなくてはなりません」

「私は、お満さんからの呼び出しに応じましたよ。どうして、下村屋さんと松下屋さんが出入り止めになってしまったのか、私と番頭からお話しさせていただきたいのです。言い訳がましい話になってしまうかもしれませんが。どうぞ。すぐそこですから」

春之助はお満の返事も聞かずに歩き出した。お満もつられるように歩き出す。しばらく歩いて、春之助は細い路地を曲がった。お満がその路地を曲がったとき、春之助から当て身を食わされ、お満は気を失った。

三祐で呑んでいるのは、万造、松吉、お染、鉄斎の四人だ。

「よかったぜ。下村屋さんも、松下屋さんも、藍美屋から出入りを許されてよ」

万造は猪口を叩きつけるように置いた。

「許されたってえのが気に入らねえな。春助にネタを売って藍美屋のことを書かせれば、藍美屋は看板を下ろすことになったかもしれねえってえのによ」

「そうだぜ。下村屋と松下屋に頭を下げるのが筋ってもんじゃねえのかよ。もう少し、藍美屋を痛（いて）え目に遭（あ）わせるべきだったなあ」

鉄斎は、万造と松吉の猪口に酒を注ぐ。

「まあまあ。そういきり立つこともあるまい。下村屋と松下屋が、まず考えなくてはならないのは、藍美屋と商いを続けることだからな。それに、藍美屋の主には、春助の名を使って釘を刺しておいた。これからは態度を改めるだろう」

万造と松吉は、残念そうな表情（かお）だ。

「なんかなあ……。呆気（あっけ）なく終わっちまって拍子抜（ひょうしぬ）けしちまってよ」

「ああ。もうちょっと楽しめると思ったんだがな」

お染は吹き出した。

「何を言ってるんだい。丸く収まったんだから万々歳（ばんばんざい）じゃないか。万松（まんまつ）の二人を遊ばせるためにやってるんじゃないからね」

暖簾（のれん）を静かに上げて入ってきたのは、伊勢平五郎（いせへいごろう）とお美弥（みや）だ。二人の様子を見て、四人の表情（かお）は変わった。

「何かあったみてえですね」

松吉が席を空けると、そこに平五郎とお美弥が座った。

「酒は結構だ。おけら長屋には話しておいた方がよいと思いまして……」

平五郎は一度、お美弥の顔を見てから――。

「お美弥は髪型と化粧を変えて、江戸の町を歩き続けていた。荒井町で自分を襲った男を見つけるために。その男がお満さんを襲ったとも考えられるし、蛤町と回向院裏で女を殺した下手人かもしれないからだ。そして、その男を見かけたというのだ」

お美弥は頷いた。

「神田川の和泉橋近くですれ違ったんです。なぜか胸がざわつきました。その後ろ姿の肩ごしに、あのときの月が見えたんです。私はその男の後を尾行ました」

「その男の身元はわかったのかい」

「ええ。その男は紺屋町にある藍染問屋、藍美屋に入りました。近所の人に聞いたところ、藍美屋の跡取り息子で、春之助というそうです」

万造、松吉、お染、鉄斎の四人は絶句した。平五郎は四人の様子を見て――。

「どうかしたのですか」

「どうかしたのか、どころの騒ぎじゃねえですよ。なあ、松ちゃん」

「ああ。呆気なく終わって拍子抜けが聞いて呆れるぜ。とんでもねえところにつながったもんだぜ。ねえ、お染さん」

「あたしは心の臓が破裂しそうだよ。ねえ、旦那」

「まったくだな」

焦らされる形になった平五郎はせっつく。

「いったい何があったというのですか」

四人は一連の出来事を話した。今度は平五郎とお美弥が絶句する。

「そ、そんなことがあったのですか。お美弥は奉行所の密偵です。そのお美弥がそこまで言うからには、お美弥を襲ったのは春之助に間違いないと思います」

鉄斎は組んでいた腕を解いた。

「下手人は怪我をしている。それが決め手になるのではないかな」

「相手は大店の跡取り息子です。万が一、こちらが勇み足を踏めば面倒なことになります。先月も北町奉行所の手荒い調べが裏目に出て、老中に訴えがあり、奉行所も及び腰になっているのです。もちろん、神田界隈の医者を根こそぎ聞き込みましたが、春之助が治療に来たという話が出てきません。医者から足がつくくらいのことは向こうも承知でしょうから、自力で治したのかもしれません」

鉄斎は再び腕を組んだ。

「お美弥さんは左の肩か腕を刺したと言っていたが、腕なら自力で治せるかもしれんし、人に知られることもあるまい。私はあのとき、逃げる下手人の身のこなしを目の当たりにした。春之助は火消の真似事(まねごと)で梯子に乗ったり、宙返りをしたり、身が軽いと聞いた。そう考えると合点(がてん)がいく。そんなことより……」

鉄斎は、ここで言葉を呑み込む。

「お満さんのことだ。お満さんを襲ったのも春之助だとすると、お互いがそれを知らずに会っていたことになる。だがもし、お満さんのことを、自分が襲った女だと気づいたら、春之助は……」

万造の顔色が変わる。

「お満さんも自分のことを気づくかもしれねえ……と……」

「そうだ。そうなれば、お満さんの身が危なくなる」

平五郎が割って入った。

「その春之助なんですが、昨日から姿が見えないのです」

万造は猪口を持ったまま、三祐から飛び出していった。

聖庵が言うには、お満は往診に出たきり、戻っていないとのことだ。

「どこまで往診に行ったんでえ」

「小名木川沿いにある土屋様のお屋敷だ。とっくに戻る刻限なんだが、どこかで油を売っているのかもしれんな」

「土屋様ってえと、猿江橋の手前だな」

そこに駆けつけてきたのは、松吉、鉄斎、平五郎の三人だ。

「お染さんがよ、胸騒ぎがするから、あんたたちも行けって……」

「お満さんは、往診から戻らねえそうだ。もうとっくに戻ってもいいころなのによ。とにかく、手分けして捜すしかねえ。小名木川に架かる猿江橋あたりからだ」

聖庵堂を走り出た四人は、猿江橋で四方に別れた。

万造は小名木川沿いの路地を歩き回るが、お満は見つからない。再び小名木川に出ると、知った顔の丁稚が歩いてくる。

「おめえは確か、聖庵堂の並びにある味噌屋の丁稚だな」

丁稚は何も答えない。

「味噌屋の丁稚かって訊いてるんでえ」

「だって、番頭さんから、おけら長屋の万松とは関わっちゃいけないって言われてるから」

「ふ、ふざけるねえ。おめえ、聖庵堂のお満先生を見かけなかったか」

「見ましたよ。私がお使いに行くときだから、半刻（一時間）近く前かなあ。男の人と富川町の方に歩いていきましたよ」

丁稚は富川町の方を指差した。

「お、お満先生に間違えねえな。そうか。間違えねえか。それはどんな男だった。商人みてえな男じゃなかったか」

「そうです。背の高い若い人だったと思います」

万造は丁稚が指差した方に向かって走った。

お満はゆっくりと目を開いた。手足が動かないのは、縛られているからだと気づくには、しばらくの時間がかかった。

「こ、ここは……」

「昔、おとっつぁんが妾を囲っていた一軒家ですよ」

お満は悲鳴を上げそうになるのを堪えた。春之助の顔が目の前にある。その奇妙な笑顔を見て、お満の身体中に寒気が走った。

どうしてこんなことになったのか、まだ呑み込むことができない。

春之助の顔が、お満から離れたとき、春之助の残り香が漂った。お満が襲われたときに嗅いだ匂いだ。お満は心の中で呟いた。

――そうだ。あのときに嗅いだのは、藍染の匂いだったんだ。

お満の頭の中で、様々な出来事がつながっていく。

「私を襲ったのは、あなただったのね」

「やっと気づいてくれましたか。嬉しいです。お満さんから料理屋に呼び出されたときは、私も気づきませんでした。ですが、海辺大工町で医者をしていると聞いて、あのときの女だとわかりました。灰色の作務衣(さむえ)に往診箱を持った女など滅多にいるものではありませんからね」

「どうして、こんなことを……」

「どうしてって、お満さんを殺して、私も死のうと思ったからですよ」

お満は自分に「落ち着くんだ」と言い聞かせた。とにかく時間(とき)を稼ぐことだ。時間を稼げば何かが起きるかもしれない。お満の頭には〝どこまでだって走ってやらあ〟と啖呵(たんか)を切った万造の顔が浮かんだ。

春之助は、ゆっくりと箱膳(はこぜん)から華奢(きやしや)な伊万里(いまり)の盃(さかずき)を取り出すと、徳利から酒を注いだ。

「私だけいただくのは心苦しいですが、お許しくださいよ。……いい酒だ。何の雑味(ざつみ)もない」

春之助はそう言うと、すぅっと吸い込むように酒を呑んだ。その所作はまったく隙(すき)がない。

「どうです、この盃。美しいでしょう。私は美しいものが好きなのですよ、お満さん。それなのに、私の周りにいるのは醜(みにく)い女ばかりでした。心の醜い女ですよ。きれいごとを並べても、金や外見でしか男を見ない」

　そう言うと、盃に酒を満たして、ひと口で呑み干す。

「でも、お満さんは違う。友だちのために私に会いに来たと言いましたが、本当の目的は、私に自分を売り込むためだと思っていました。そんな女ばかりでしたから」

　お満は〝だれがあんたなんかに〟と口走りそうになったが、言葉を呑み込んだ。

「お満さんは、私に好きな男(ひと)の話を聞かせてくれました。その男の心根を知っているからと言われたときには、涙が出そうになりましたよ。あなたは素晴らしい女(ひと)です」

　春之助は自分の言葉に頷いた。

「さて……。私にも年貢の納めどきがきたようです。ここのところ、誰かが私を尾行(つけ)ているんです。さすがに気づかれたのかもしれませんね。ですが、一人で死ぬなんて見栄(みば)えがよくありません。あなたを殺してから、私はあなたに刺されたように細工(さいく)をして死にます。私は、私に恋い焦(こ)がれて気が触れた女に刺されて死ぬのです。そうでもしないと、世間が納得しませんから」

「年貢の納めどき……」

お満はすべてを理解した。

「それじゃ、蛤町と回向院の裏で女の人を殺したのも、荒井町でお美弥さんを襲ったのもあなただったのね」

春之助は頷いた。

「あの女は、お美弥さんというのですか。蛤町と回向院裏の女は、髪切り魔の仕業に見せかけて私がやりました」

お満の背中に悪寒が走る。

「なぜとは訊かないのですか。子供のころに起こった髪切り魔の件、私は大好きでした。ただ殺すだけでは能がありませんが、髪切り魔は女が大切にしている髪を切り落とす。そして捕まらない。面白いでしょう」

「どうしてそんな……」

「女が嫌いだからですよ」

春之助はそう言うと、鮮やかに微笑んだ。

お満は、はっとした。この言葉は春之助の真実だ。春之助は、女を深く憎んでいる。お満は息を大きく吸い込むと、春之助の目を見た。

「死ぬ覚悟はできました。でも、最後に教えてほしい。春之助さん。あなたに一体、何があったの。人を殺さなければならないほどの何があったの。私はそれが知りたい」

春之助は、畳に置いてあった合口をつかむと、膝の上に置いた。

「私のおっかさんは、私が三歳のときに病で死にましてね。私はおとっつぁんの後妻に育てられました。これがひどい女で、私は折檻され続けました。だれにもわからないような手口でね。おとっつぁんに言うことはできなかった。おとっつぁんは横暴な人だったから、私の話など信じないかもしれないし、継母に仕返しされるのも怖かったからです。その継母は、私が十四歳のときに死にました」

春之助は淡々と話し続ける。

「私が殺しました。階段から突き落としたんです」

お満は、息を呑んだ。

「足を踏み外したってことになりましてね。あははは……。あの継母の死顔を見たときはぞくぞくしたなあ。身震いするほど嬉しくてね。それがきっかけかもしれません。女を殺す悦(よろこ)びを知ったのは」

そう言うと、春之助はお満の顔を見た。その目の奥にひそんだ狂気に、お満は慄(おのの)いた。

「そんなことが、あ、あった、の……」

「それからは評判のよい若旦那を演じてきました。面白かったですよ。馬鹿な女たちは、私の外見だけ見て容易く騙(だま)される。面白いから、まあいいだろうと思わないでもなかったのですが、でも、女を見ていると、醜さがすけて見えて、どうしても我慢できなくなる。どうしようもないんです」

「どうして、お佐和ちゃんを嫁にしようとしたの」

「ひとつは、私の評判を高めるためです。家柄や器量で嫁を選ばなかったと。そして、もうひとつは、世間の女たちに悔(くや)しい思いをさせるためです」

お満の顔つきが変わった。

「そんなことのために、お佐和ちゃんの気持ちを弄(もてあそ)んだっていうの。あなたはかわいそうな人だわ。あなたには一緒に笑ったり、泣いたりしてくれる人が一人もいなかった。子供のときからずっと」

「その通りですよ。だれも私に心を開いてくれなかった」

「それは違うわ。あなたが心を開かなかったからよ。辛いとき、悲しいとき、あなたはいつも我慢をして、自分の心の中でそれを押し殺してきた。ねえ、春之助さん。この世にどうしてこんなにたくさんの人がいるか知ってる？　確かに心の醜い人、あなたに心を開かない人もたくさんいるでしょう。でもね、情け深い人や、あなたのことを心から心配してくれる人だってたくさんいるのよ。どうしてそういう人たちを見つけようとしなかったの」

「ずいぶんと偉そうなことを言ってくれますね」

お満の目から涙がこぼれた。

「私にはわかるの。私も心を開くのが苦手だったから。跳ね返りで、父親と喧嘩ばかりして、家を飛び出して。でも、たくさんの情け深い人たちと出会って、私は少しずつ変わっていった……」

春之助は、何を感じているかもわからない目をして、お満を眺めている。

お満は、頭を振って涙を落とすと、春之助を見上げた。

「私の伯母がね、藍染が大好きで、こんな話をしてくれた。藍染は染めてから色が落ち着くまで五年はかかる。深みのある色になるのに十年。鮮やかな色になるには二十年かかるって。人も同じなのよ。人はたくさんの人や出来事に染められて、鮮やかな色を放つ人になるんだわ」

春之助は、わずかに首を傾げた。お満は思わず、膝を進める。

「あなたは誰にも心を開かず、すべてを馬鹿にして生きてきたから、何の色もない、真っ白の布地と同じよ。だけどあなただって、本当は真っ白のままでいたかったんじゃないはず。何かとつながりたかったのよ。そうじゃなきゃ、誰かを殺すなんて、そんな罪深いことできるはずがないもの」

春之助の表情は変わらないが、その目に一瞬何かが移ろった。お満は、鼻を啜ると息を継ぐ。

「頭のいいあなただったら、わかるでしょう。お縄になれば、死罪になる。でも、自分から出頭できたら……、ちゃんと自分が犯した罪を引き受ける気持ちが生まれたら、あなたは、人間としてちゃんとした色を放つことができるのよ。春之助さん、最後だけは……」

春之助は、静かに目を閉じた。

「お願い……」

「お満さん。あなたは本当に素晴らしい人だ。でも、それはできません」

春之助はそう言うと、音もなく合口を抜いた。

目を瞑ったお満の口から——。

「万造さん……」

そのとき、襖を蹴破って転がり込んできたのは万造だ。万造は起き上がると、お満の前に立ち、春之助に向かって両手を広げた。

「待たせたな。女先生よ」

「ど、どうしてここが……」

「ああ。霊巌寺の御守はご利益があるぜ。この家の前に赤い御守が落ちてやがった。てめえが、春之助か」

春之助は、合口を片手に微笑んだ。

「図体のでけえ、強そうな野郎じゃねえか。まあ、やるだけのことはやってみるけどよ、こっちは丸腰でえ。おう、お満。もしものときは、おれと一緒に三途の川を渡ってもらうぜ。覚悟はできてるな」

「いいけど、握った手は離さないでよ。私は泳げないんだから」

「おう。離しゃしねえよ」

万造は春之助に向かって頭から突っ込む。春之助が身体をかわすと、万造はそのまま柱に頭をぶつけて気を失った。

「ば、馬鹿っ……」

春之助は倒れた万造を、じっと見つめた。

「この男ですか。お満さんが好いた男というのは」

「そう。この人よ」

「必ず私を守ってくれます……か。お満さんの言ったことは本当でしたね。羨ましい。でも、ここまでです」

春之助はお満に近づいた。お満は顔を背ける。

「そこまでだ」

その瞬間、春之助が手にしていた合口は叩き落とされていた。

「島田さん」

鉄斎はその合口を座敷の隅に蹴ると、春之助の鼻先に刀の切先を突きつける。

「動くな」

鉄斎は春之助の着物の襟をつかむと乱暴に引き下げる。左の二の腕にはまだ生々しい傷痕が残っていた。

「間違いないな」

がっくりとうなだれた春之助は、鉄斎の隙をついて宙返りをすると、合口を拾い、自分の胸に突き立てた。

「し、しまった……」

「島田さん。早くこの縄を切って」

鉄斎が縄を切ると、お満は春之助に駆け寄る。

「駄目よ。こんな死に方を選ぶなんて……」

春之助の目は虚ろだ。

「さ、最後に、面白い話を聞く……、聞くことができました。も、もし、う、生まれ変わることが、で、できたら、藍染の……」

春之助は、そこまで言うと息絶えた。

三祐で呑んでいるのは、松吉、お染、鉄斎の三人だ。松吉は二人に酒を注ぐ。

「藍美屋は、どうなるんですかね」

「あれだけの大罪人を出しちまったんだから、もう終わりだろうねえ」

「下村屋と松下屋は困るんじゃねえかなあ」

鉄斎は酒を味わうように呑んだ。

「宗右衛門さんが、いろいろと取り計らってくれるそうだ」

「え、木田屋の旦那が……」

「お満さんが宗右衛門さんに頭を下げて頼んだらしい」

「へえ、お満さんも大人になったんだねえ」

お染も鉄斎の真似をするように酒を呑む。

「お佐和ちゃんの両親（ふたおや）も、宗助さんとの仲を認めてくれたっていうし、なんとか、丸く収まったってことだねえ。でも、旦那。よく万造さんが入った家がわかりましたね」

「歩いてきた丁稚にお満さんのことを尋ねたら、万造さんもその丁稚に尋ねていたそうだ。だから、万造さんが向かった方向がわかった。あたりを捜していると、路地から入った格子戸の前に、万造さんの半纏が脱ぎ捨ててあってな」

「さすがは万ちゃん。抜かりはねえや」

鉄斎は、猪口を持つ手を止めた。

「旦那。どうかしたんですかい」

「うむ。春之助が今際の際に、お満さんに言ったんだ。最後に面白い話を聞くことができた、とな。何を言ったのか気になるだろう」

「そりゃ、なりますよ」

「お満さんは藍染の話をしたらしい」

鉄斎は、お満から聞いた藍染のことを話した。お染はしんみりと――。

「いい話だねえ。人もそうやって深みのある色に染まっていくって。男と女も同じさ。いろんなことがあって、泣いて、笑って、どちらの色でもない、新しい二人の色に染まっていくのさ。宗助さんとお佐和さんも、伊勢の旦那とお美弥さんも。それから、万造さんとお満さんもね……。そうだろ、松吉さんにお栄ちゃん」

松吉とお栄は、返答に困って俯いた。

　聖庵堂の離れでは――。

「い、痛(いて)えなあ。もう少し優しくしてくれよ」

「万造さんが動くからでしょう。もう、本当に間抜けなんだから。自分から柱にぶつかるなんて」

　お満は、万造の腫(は)れあがった額に薬を塗る。

「でも、嬉しかった。初めてだよね、私のことを〝お満〟って呼んでくれたのは」

「そうだったっけなあ……」

　お満は万造の顔を見つめた。

「必ず、助けに来てくれるって信じてた……」

「ああ。どこまでだって走ってやらあって言ったじゃねえか」

「でも、助けてくれたのは島田さんだけどね」

「違(ちげ)えねえや」

　万造は大笑いする。

「ねえ、万造さん。この怪我が治ったら、霊巌寺にお礼に行こうよ」

「そうだな……」

万造はお満の顔を見つめた。

「ついては、賽銭（さいせん）を貸してもらいてえ」

渡り廊下から聖庵の声がする。

「お満。そんな馬鹿は放っておいても治る。病人が待ってるぞ」

お満は切れのよい返事をすると、万造の腫れあがった額を、指先で突（つつ）いた。

編集協力——武藤郁子

この物語はフィクションであり、実在した人物・団体などとは一切関係ございません。

本書は、書き下ろし作品です。

著者紹介

畠山健二（はたけやま　けんじ）

1957年、東京都目黒区生まれ。墨田区本所育ち。演芸の台本執筆や演出、週刊誌のコラム連載、ものかき塾での講師まで精力的に活動する。著書に『下町のオキテ』（講談社文庫）、『下町呑んだくれグルメ道』（河出文庫）、『超入門！ 江戸を楽しむ古典落語』（ＰＨＰ文庫）、『粋と野暮 おけら的人生』（廣済堂出版）など多数。2012年、『スプラッシュ マンション』（ＰＨＰ研究所）で小説家デビュー。文庫書き下ろし時代小説『本所おけら長屋』（ＰＨＰ文芸文庫）が好評を博し、人気シリーズとなる。

ＰＨＰ文芸文庫　本所おけら長屋（十六）

2021年４月６日　第１版第１刷
2023年３月８日　第１版第４刷

著　者　畠　山　健　二
発行者　永　田　貴　之
発行所　株式会社ＰＨＰ研究所
東京本部　〒135-8137 江東区豊洲5-6-52
文化事業部　☎03-3520-9620（編集）
普及部　☎03-3520-9630（販売）
京都本部　〒601-8411 京都市南区西九条北ノ内町11
PHP INTERFACE　https://www.php.co.jp/
組　版　朝日メディアインターナショナル株式会社
印刷所　図書印刷株式会社
製本所　東京美術紙工協業組合

ISBN978-4-569-90112-1